汤姆·斯威夫特和光谱海洋挑选器

【英】维克多·阿普尔顿Ⅱ　文
燕锐锋　等图
刘庆双　等译

江西·南昌
江西科学技术出版社

图书在版编目（CIP）数据

汤姆·斯威夫特和光谱海洋挑选器 / (英) 维克多·阿普尔顿Ⅱ文；燕锐锋等图 ；刘庆双等译. -- 南昌：江西科学技术出版社, 2018.3（2024.1重印）
（汤姆·斯威夫特丛书）
ISBN 978-7-5390-5863-4

Ⅰ. ①汤… Ⅱ. ①维… ②燕… ③刘… Ⅲ. ①儿童故事 - 英国 - 现代 Ⅳ. ①I561.85

中国版本图书馆CIP数据核字(2017)第046889号

国际互联网(Internet)地址：http://www.jxkjcbs.com
选题序号：KX2016063
责任编辑：饶春垚
责任编辑：熊　玮

汤姆·斯威夫特和光谱海洋挑选器
TANGMU SIWEIFUTE HE GUANGPU HAIYANG TIAOXUANQI
〔英〕维克多·阿普尔顿Ⅱ　文；燕锐锋　等图；刘庆双　等译

出版发行	江西科学技术出版社
社址	南昌市蓼洲街2号附1号 邮编：330009　电话：（0791）86623491　86639342（传真）
印刷	三河市嵩川印刷有限公司
经销	各地新华书店
开本	700mm × 1000mm　1/16
字数	114千字
印张	11
版次	2018年3月第1版　2024年1月第2次印刷
书号	ISBN 978-7-5390-5863-4
定价	39.00元

赣版权登字-03-2017-38

前言 QIANYAN

人总是离不开阅读，特别是在现代化信息时代，阅读无疑更是我们难求的一片宁静港湾，让我们有机会去感受、去体悟、去反思、去认证我们的这个世界和未来的世界。

科幻小说是一种起源于近代西方的文学体裁，在尊重科学结论的基础上进行合理设想后形成的文学作品，具备“逻辑自洽”“科学元素”“人文思考”三个要素。科幻小说与一般的传统小说不同，其特殊性在于它与科学技术的发展有着直接的联系，能让读者间接了解到科学原理。但它又是一种文艺创作，它扎根于社会现实，反映社会现实中的矛盾和问题，在科学技术发展的方向上，提供若干有参考价值的预见。有时，某些科学发明尚未出现，科幻小说里则已经进行生动的描绘，如潜水艇、机器人和宇宙航行等。

著名文学评论家布哈伊·哈桑曾说，科幻小说可能在哲学上是天真的，在道德上是简单的，在美学上是有些主观的，或粗糙的，但就它最好的方面而言，它似乎触及了人类集体梦想的神经中枢，解放出我们人类这具机器中深藏的某些幻想。

阅读科幻小说至少让我们有如下的感受：

一、文学的轻松愉悦

科幻小说的主题非常明显，它会涉及“未来”和“未知”、“科学”和“规律”、“生命”和“文明”、“生存”和“冒险”等等，每一本科幻小说都是一个全新的世界，每一次阅读都是一段全新、充满惊喜的精神旅程。

二、科学与严谨的想象

爱因斯坦说过，想象力比知识更重要，因为知识是有限的，而想象力概括着世界上的一切，推动着进步，并且是知识进化的源泉。通过阅读科幻小说，感悟其中的想象力，在人文、哲理的思索上，在思想道德意识的增强上所起到的作用是潜移默化的、是发散性的，其威力是不可估量的。

三、引发科学与理性的思考

科幻小说中的“科学方法”是一种有系统地寻求知识的程序，涉及“问题的认知与表述”“观察与实验搜集证据”“假说的构成与测试”。简单地说就是一个科学理论要经过观察、解释、预测、确认、评估、发表的程序，才能从一个假设发展成原理。科幻小说的“理性思考”就是遵从客观规律、进行逻辑分析的思考方式。

《汤姆·斯威夫特》系列曾是国外流行的科普小说，书中很多的科幻内容今天都已经变成了现实，它曾影响了几代读者，它伴随了很多人的成长。现以中文出版此书，相信书中的情节与科学，也会给中国读者带来同样的快乐体验。

目录 MULU

第一章 神秘的坠机

两架巨大的货机正停在斯威夫特企业集团的机场等待起飞。在登上领头飞机之前，18岁的小汤姆·斯威夫特在斜坡顶上停了下来，向亲朋好友挥手。

“祝你好运，儿子！”斯威夫特先生大喊。

“从海底城市给我们带一尊黄金雕像回来！”汤姆美丽的妹妹桑迪大喊道。

她的朋友菲利斯·牛顿给年轻的发明家一个飞吻，跟他告别。

“我去看看能发现什么吧！”汤姆咧嘴笑着向他们挥手，“妈妈，不用担心！”

一群人站在那里看着汤姆，他要动身开始一次南太平洋的秘密探险。斯威夫特实验站的员工们也欢呼着告别。

“但愿汤姆这个项目不会太危险。”汤姆的妈妈喃喃自语。

斯威夫特先生身材高大，目光如炬，是世界上最著名的科学家之一。他把一只胳膊搭在妻子的身上，说："玛丽，你知道汤姆已经做好了万全的准备。"

几个月前，汤姆乘坐他的海洋直升机，发现了一座沉没海底的城市。这座城市显然是由金子打造而成的，就位于大西洋中脊一连串的海底山脉之下。这位年轻的科学家兼发明家如今带着最近才完成的新发明再次探索这座城市。用于探索的潜水艇放在两架货机上。

汤姆穿过机舱，迅速走到驾驶室。他的少年密友巴德·巴克利是副驾驶员，正在操控飞机。海军中尉克伦威尔此次作为观察员与他们同行。他坐在机舱角落里的凹背折椅上。

"都检查过了吗，巴德？"汤姆询问。

"是的，机长。一切就绪，可以起飞了！"副驾驶员开玩笑说，"不过，我们再花几分钟向桑迪告别一下怎么样？"

汤姆朝中尉眨了眨眼说："飞人，我在监督装货的时候，已经给过你机会了。剩下的话等我们回来再说吧。"

"好吧，布莱机长！"巴德假装不满，然后兴奋地咧嘴笑着，"说真的，如果这些废墟真的就是著名的失落的亚特兰蒂斯，那我们可真有的说了！"

"你说得对，朋友！"汤姆坐到飞行员的位置上，他心跳加速，戴上了耳麦。

"信号塔显示大西洋上空天气很好。"克伦威尔中尉说道。

汤姆点头同意：“飞行应该会很顺利！”

登机舷梯被推走，强大的飞机引擎发出巨大的声响。塔台传来起飞前的最后指示。汤姆和巴德隔着机窗向亲友们最后一次挥手，随后飞机迅速滑入跑道。

几秒钟以后他们就已经在空中飞行了。他们看到了那绵延10平方千米、周围被水泥高墙围起来的斯威夫特企业集团实验站，白色的飞机跑道，还有闪亮的实验室和工作室。汤姆和他父亲就是在这里创造出了令人震惊的发明。

“斯利姆来啦！”巴德在飞机盘旋上升的时候说道。

第二架货机在斯利姆·戴维斯操控下正在起飞，他是斯威夫特公司的试飞员。

“路线和程序都准备就绪了吗，斯利姆？”汤姆通过无线电问道。

“收到！机长你带路！”斯利姆回道。

飞行平稳之后，汤姆驾着飞机迅速向海上飞去。斯利姆跟随其后，又追上来并排飞行。很快两架飞机就离开海岸，穿过大西洋朝东南方向飞去。

“啊，多么美妙的春游啊！”巴德欢呼着，“我早就想来探索这座黄金之城啦！”

“我也是！”汤姆眼睛里闪烁着期待的光芒。这座被遗忘在海底的城市究竟有什么秘密呢？他很想知道。

克伦威尔中尉说：“我了解到这座沉没的城市就在佛德海

峡群岛附近。”

“是的。”汤姆确认了他的说法，“它就位于大西洋中脊一带佛德海峡群岛的北部。霍普金斯将军没有给你做简单的介绍吗？”

中尉耸了耸肩：“他介绍得并不详细。他说整个计划是最高机密，我的工作就是汇报你的发现。”

“当然。”巴德哼了一声说，“你能想象这海底有金子的秘密一旦泄露会发生什么吗？”

克伦威尔笑着说：“或许会是一场潜水艇淘金热吧。”

“比那还要严重。”汤姆严肃地说，“很有可能导致国际争端。”

“我明白你的意思。”克伦威尔的声音紧张起来，接着说，“但那得是多大一笔财富啊。如果海底城市真的是由金块建成，那么价值将超过诺克斯堡！”

海军军官这贪婪的口气让汤姆很惊讶，汤姆回驳：“我们去那里不是仅仅为了找金子，这是一次科学探险。这座遗失的城市很可能会解答很多历史和地理难题！”

“当然，当然。我知道。”克伦威尔中尉赶忙说，“那你有什么计划？”

汤姆说他将用他的强斥力装置做一个巨大的空气泡，他之前用同样方法开采了一个丰富的海底氦气床。这个用塑料做的大泡沫被称为汤姆·斯威夫特的水中空气室。

“这个空气室可以提供一个安全的水下工作空间。”汤姆继续说，“然后我会用我的分离机……”

“什么机？”有人问道。

大家都转向一个拖着西部长音儿，语气严肃的人。一个秃顶、罗圈腿、穿着高跟牛仔靴的男子大步踏进驾驶舱。他是乔·温克勒，以前是流动炊事车上的厨师，现在是斯威夫特探险队的厨师。

“什么机？”巴德大声说，“你是说什么也比不上你好看的衬衫吧。是衬衫，对吗？还是你伪装成了一个会走的霓虹灯？”

这位壮实的厨师指着这一身牛仔装，满脸自豪：“很炫酷，是吧，男孩儿们？”

“确实太惊艳了！”汤姆笑着摘下耳麦，启动开关进入自动飞行模式，“乔，要不是这里太需要你，我们一定会把你挂在斯威夫特企业集团做警示灯的！”

“晃瞎我的眼啦！”巴德说道，“我们可以把那件衬衫卖给国防部作为攻击敌机的秘密武器！”

乔不屑地吭了一声。“伙计，你就是嫉妒我。不过，你看，头儿。”他转向汤姆接着说，“我刚才听你说的那个新发明是什么东西呀？”

“我叫它光谱海洋挑选器。它是一个分离机。”汤姆答道。

乔迷惑地摇摇头说：“听起来的确很了不起。但是我看到装在斯利姆飞机上的一个金属橱架，我给它起了一个更简单的名字，叫机器。”

“我也这么叫它。”巴德表示同意。

“你赢了。”汤姆笑着说，“这不属于科学范畴。我的目标是用我的光谱海洋挑选器来清理海底的甲壳动物和废墟，这样我们就能仔细研究海底有什么。”

“具体怎么操作呢，头儿？”乔问道。

年轻的发明家严肃起来：“乔，即便是我们创造了空气室，废墟上面的一层薄薄的覆盖物仍然含有很大的水分。所以我的发明首先用红外线把这些东西加热，这样就能将这些水分煮沸变成水蒸气。”

“水蒸气？那样会不会太冒险？”巴德皱眉表示反对，“假设你敲碎了一些柱子，就很可能砸到我们脑袋上！”

“没有危险。”汤姆拿出一张图表纸，在上面画了他的发明的草图，“你们看。这个空间的尾部有一个强大的真空泵，通过一个很长的管子运作，前面有吸入口。”

“那是用来做什么的？”巴德问。

“我把它叫作定位真空生产机。或许你还记得我们在高中物理课上——”汤姆说道。

“我不记得了，朋友！”

“好吧，不管怎么样。”汤姆接着说，“在低气压下，水会在低温下沸腾。因此水会在不太热的情况下就变成蒸汽。同样的原理也用于生产脱水牛奶。”

“哦，我明白了。”巴德说。

“我们让蒸汽进入一个热量转换器，从而获取工作所需要的能量。”汤姆补充说道。

巴德赞许地笑着说：“很好。”

“你有多少个蒸汽生产机呢？”乔问道。

“就你们刚才看到的那一个。”汤姆回答，“制造成本很昂贵。但如果我的发明好用的话，我会制作一些小型号作为商用，用来清洁和消毒食物、土壤、建筑物和纪念物等。想想用它来清理洪水有多方便吧！”

克伦威尔中尉很感兴趣地问：“你的发明就这点用处吗？”

汤姆摇摇头说：“不，还有一个结构选择元件的零件，简称结选件。顺便说一下，这个零件是我把这个机器叫作光谱海洋挑选器的原因之一。它——”

“我的天哪！快看！”巴德惊叫了一声，指着机窗外，“斯利姆的飞机——”

另一架飞机本来在距离他们右舷100米的距离飞行，现在已经偏离轨道了！

斯利姆在无线电另一端尖叫：“求救！飞机失控了，机长！”

汤姆抓起麦克风，眼睛盯着这恐怖的画面，问：“怎么了，斯利姆？”

“不知道！控制台没有反应！”斯利姆回道。

“那你的升降机好用吗？”汤姆问道。

“没有反应！一定是升降机的发动机也出故障了！”斯利姆回道。

巨大的飞机摇摇晃晃，迅速下降。汤姆切换到手动驾驶模式，向乔大吼一声提醒他，然后驾驶飞机急速下降。

“喊这么大声要震死人啊！”乔吓得脸色惨白，疯狂地抓着任何能支撑的物体以避免扑倒在舱板上。

随着两架飞机同时朝大海俯冲，震耳欲聋的哀鸣声在机舱里回荡。

汤姆这时稳住飞机，并调整升降机远离海面。但是另一架飞机以巨大的冲力撞击到水面上，溅起一片水花。

“他们还漂浮在水面上！”巴德大喊道。

很明显斯利姆重新控制了飞机。一只机翼还在水面上。幸运的是，机舱发生倾斜使得舱口露在上面。

“放弃飞机！快出来！”汤姆通过无线电大喊，“我们会降下一个梯子！”

汤姆通过无线电发出指令的同时，巴德迅速跑到机尾监督整个营救过程。斯利姆的机组人员正慌乱地爬出机舱。汤姆锁住控制板，使飞机保持在平稳的位置。然后他也迅速冲到机尾，乔和克伦威尔紧随其后。

“我希望我们能够救这些可怜的人。”乔跟着汤姆的脚步跑到驾驶室，喘着粗气说。

救生梯已经降下去。机组人员一个接一个摇晃着爬上安全梯。汤姆和巴德帮助他们爬进舱内。

斯利姆爬在最后，坠毁的飞机机头下沉，坠入大海时，他爬到了梯子中间。

“谢——谢谢机长！”汤姆拉他进机舱的时候，他已经浑身湿透，在发抖，“请相信我，我已经尽了最大努力来拯救那架飞机！”

“你拯救了你整个机组的人员，斯利姆。这才是最重要的！”汤姆拍了拍他的后背，“现在你和你的同伴们去换上干衣服吧。乔，给他们煮些咖啡！”

“好的，头儿！”斯利姆回答道。

汤姆回到机舱时，紧闭的嘴唇却表明他的希望破灭了。失去一架飞机糟糕透了，更糟糕的是，他那造价不菲的光谱海洋挑选器也没了。这使得他精心制订的探索海底黄金城市的计划都泡汤了。

巴德安静地陪着他的伙伴，但是克伦威尔中尉此时还在机尾。他们在控制台坐下来的时候，无线电里传来了声音：“企业集团呼叫汤姆·斯威夫特！能听见吗？”

年轻的发明家带上耳麦回道：“我是汤姆，请讲。”

是斯威夫特企业集团的安保主任哈伦·艾姆斯从肖普顿打来的电话。他的声音听起来紧张而急迫："掉头回来，汤姆！你们飞机上恐怕有一个搞破坏的人！"

第二章 冒名顶替者

机上居然有冒名顶替者！就在艾姆斯提醒他们的时候，汤姆和巴德对视了一下。

“已经太晚了。”汤姆严肃地说，“我们的第二架飞机坠毁了，我的发明也一起被毁了。不过哈伦你说的冒名顶替者是谁呢？”

汤姆问完之后接着是一阵沉默。年轻的发明家调整了一下无线电的音量：“艾姆斯！……艾姆斯！你能听见我说话吗？”

没有回复。显然奇怪的天气中断了无线电。

“我们最好马上回到肖普顿。”汤姆做出决定。他启动了升降机，然后又转向主发动机，平稳地调转方向，将航线设置成返回企业集团的方向。

“你觉得艾姆斯说的是谁，机长？”巴德紧张地问汤姆。现在他们正朝着北美洲海岸飞去。

汤姆耸了耸肩，皱着眉头说：“我想不出来是谁。克伦威尔的身份已经被海军情报处查清楚，而且企业集团的所有机组人员也都是经过安全部门反复审查的。”

“那会不会有偷乘者呢？”巴德暗示道。

“我们着陆的时候就知道答案了。”汤姆回道。

这两个男孩儿想到这个人给斯威夫特企业集团带来的危险之后，心情都很沉重。自从汤姆有了第一个大发明——原子能驱动的飞行实验室的时候，年轻的发明家就要应对敌人，和那些想要窃取他宝贵的国防计划的人。

飞机以超音速在空中轰隆隆地飞着。巴德问是否需要通过对讲机告知其他机上人员，但是汤姆决定不这样做。

“如果他不知道我们已经收到提醒，可能更容易把他困住。”年轻的发明家指出这一点。

在他们已经能够看到陆地的时候，克伦威尔中尉回到了驾驶室。

“失去那架飞机对我们来说真是不小的打击。”海军军官表示同情，“你的发明已经没有了，我想整个探险计划可以停止了吧。”

“暂时停止。”汤姆说。

几分钟之内，飞机就飞回肖普顿，在企业集团飞机场着陆。一辆吉普车迅速从机库开过来。艾姆斯开着车，斯威夫特先生坐在他旁边。

他们操控飞机的时候，巴德询问地看了汤姆一眼。“机长，对机组人员有特别指示吗？”他警惕地问汤姆。

汤姆摇摇头。“现在是艾姆斯登场的时候了。”他低声说，“我们就静观其变吧。”汤姆开启对讲机，命令机组人员下机。

机组人员走出机舱，汤姆、巴德和克伦威尔跟在后面。艾姆斯和斯威夫特先生满脸严肃地站在一旁。克伦威尔刚下斜坡，艾姆斯就堵住了他。

“不许动，贾德森！”安保主任大声说，“你被逮捕了！”

“被逮捕了？”被指控的海军军官脸色惨白，结结巴巴地说，“你疯了吧！”

“在我搜身的时候把手举起来。”艾姆斯命令道。

他动作利落地对嫌犯搜身，在他肩部的手枪皮套里搜出了一把自动手枪。汤姆和巴德对这突然的逮捕感到十分惊讶。

“真正的克伦威尔在W城外遭到埋伏和抢劫。”斯威夫特先生解释给两个男孩儿听，“不幸的是，直到你们起飞之后艾姆斯才得到消息。”

汤姆转向安保主任，指着这个嫌犯问：“哈伦，他是谁？他的全名叫什么？”

“根据受害者的描述，调查局确定这位有前科的人叫乔伊·贾德森。”艾姆斯回答，“他已经因为挪用公款被定罪。他和同伙长脖子埃贝斯一起袭击了克伦威尔。这就是我目前掌握的情况。”

“你疯了！”嫌犯大声喊道，“我会起诉斯威夫特企业集团错误逮捕！”

“我表示怀疑。”艾姆斯大声说。

“那他的同伴呢？”巴德开口说。

“埃贝斯仍然在逃。”艾姆斯回答，“但是他的同伙已经被逮捕，他也很快就会被找到。”

“你们冤枉我了！”嫌犯坚持说道，“我就是克伦威尔中尉，这些指控都不属实！”

“我猜想你拿那支枪只能用来打鱼吧。”艾姆斯讥讽地回驳。

“军官有权携带枪支。”嫌犯狡辩道。

“如果那把枪能自动执行任务，我就敢把你的辫子吞下去！”艾姆斯拿出一副手铐，熟练地给嫌犯铐上，“好了，贾德森，赶快上车。”

嫌犯坐在后排汤姆和巴德中间。艾姆斯再次开车，斯威夫特先生坐在副驾驶室，他们快速驱车前往企业集团安全大楼，让嫌犯按了手印。

艾姆斯把新按的手印和调查局通过斯威夫特的私人视频网络传来的手印比对，说道：“没错，他就是贾德森。这些手印证明了他是贾德森。”

贾德森很不安，满脸通红地说：“好吧，我就是乔伊·贾德森。

但那又怎么样呢？”

“起飞之前你在两架飞机上来回走动。”汤姆生气地说，“你为什么要破坏载有我发明的那架飞机？”

“谁说是我做的？”嫌犯不服地大声喊叫着。

“如果斯利姆和他机上的人员一起沉没到大海里面，你将面临谋杀指控！”艾姆斯严厉地说。

“那好。既然他们没有坠入海里，你们有大把的机会找到坠机的原因呢！”贾德森讥笑道。

斯威夫特先生又询问了几个问题，但是这个有前科的罪犯非常固执地说：“我该说的都已经说了。”然后就陷入了阴郁的沉默。

斯威夫特先生转向艾姆斯说：“还是让官方来处置他吧。”

艾姆斯点头说：“他早晚会交代的。”

他给总部打电话。几分钟以后，一辆警车来到工厂，贾德森被带到了监狱。汤姆和艾姆斯以及斯威夫特先生迅速召开会议讨论这个情况。

“如果贾德森是为外国特工工作，那我们就有大麻烦了。”斯威夫特先生说。

这位著名的科学家在列出可能的危险时，表情极为严肃地说：“一旦有其他国家知道了黄金之城，他们一定会派遣自己的海底探险队。他们也很可能在我们进行新一轮探险之前就声称这座城市是他们的。”

汤姆点头说：“这正是我所担心的。在我们的政府正式采取行动之前，还是要靠我们。不能让他们失望。”

他们原本打算用汤姆发明的光谱海洋挑选器把黄金之城清理之后就移交给A国政府监管。这座古城可能会向所有国家的游客和科学专业学生开放。如果让国外组织掌控了这座城市，可能就不会这么慷慨了。

“到目前为止我们还没有任何贾德森和埃贝斯与反动组织有联系的线索。”艾姆斯说。

“他们或许就是一小撮想要金子的盗贼。”汤姆表示同意，“即便如此，我们也要迅速行动。”

斯威夫特先生若有所思地用手指敲着桌子说：“儿子，再制造一个光谱海洋挑选器需要多长时间？”

“几天的时间。”汤姆的眼睛里闪烁着希望的光芒，“爸爸，成本我们承受得起吗？”

“我想说不做的话更承受不起，性命攸关呀！”斯威夫特先生笑了，“不过这个计划要全靠你了。我因为竞标新火箭合同的事情，已经很忙了。”

“好的，我现在马上着手！”汤姆回道。

汤姆迅速回到他和爸爸共用的宽敞的现代化办公室。他在档案柜前晃动着一枚电子钥匙，从里面拿出了新发明的设计图。他简略地看了一下设计图之后，打了几个电话，给各个部门做出指示。不到一个小时，采购部门、制造部门和电子部门就已经开始着手制造一台新分离机了。

汤姆开着喷气式电动车忙来忙去，一会儿和工程师一会儿和机械师碰头，指导操作。到五点的时候，他因为一天的忙碌已经筋疲力尽了。

汤姆收拾桌子，准备离开办公室，这时候艾姆斯进来了。

“有时间吗，机长？”艾姆斯问道。

“有。什么事，艾姆斯？”汤姆回道。

“刚从调查局那里拿到了埃贝斯的一些照片。”艾姆斯解释说。

他递给汤姆一些打印出来的照片，有埃贝斯的正面和侧面照。埃贝斯面容黯淡无光，长了一个鹰钩鼻，脖子很细，喉结凸出。他因为凸出的喉结才有了外号。

“所以他就是长脖子埃贝斯？”汤姆记住了他的面貌特征，“他有什么不良记录吗？”

“从盗窃保险箱到暴力伤害，什么都干过。”艾姆斯回答，“他们说此人很危险，而且很狡猾，机长。”

“希望调查局能够尽快抓到他！”汤姆说。

几分钟后，汤姆开着跑车离开大楼回家了。他没有走那条回肖普顿的大路，而是选了一条有很多树木、令人舒适的蜿蜒小路。汤姆喜欢户外运动，在繁忙的工作之后在这样的景色中总能够感到放松。

“哇！空气里弥漫着松树的味道，真好闻！”他心里想着，做着深呼吸。

汤姆一时兴起，将车开到路边，在自己最喜欢的一处停下来。从车里出来，他就面对马路倚靠着一棵橡树坐下来。橡树底下是一条布满碎石的深谷，周围野花丛生。

这时候，一辆金属灰颜色的小轿车疾驰而过，有两个男人坐在前排。汤姆被这时髦的车子吸引住。

“新款的泰奥加。”他羡慕地说，“那辆车的发动机才好呢！”

汤姆的思绪很快又回到自己的问题上。贾德森为什么要破坏他的新发明呢？工作人员中是否还有其他人企图阻止他们探索黄金之城？

汤姆陷入了沉思，几分钟之后，突然被人从后面重重地敲击了一下。剧烈地疼痛从后脑勺传来，汤姆晕了过去。

第三章 遇难的汽车

斯威夫特家里已经接近晚饭时间了。桑迪在整理餐桌，她妈妈正在给微波炉里的烤鸡抹油。牛肉的香味弥漫了整个房间。

“嗯，闻起来简直太香了！妈妈，你绝对是周边七个镇子里最好的厨师啦！”桑迪欢呼着回到厨房。

斯威夫特夫人身材苗条，她抱了一下自己的女儿说：“你嘴太甜了，亲爱的，但是还是谢谢啦！”

“我说的是真的。”桑迪坚持说，“爸爸总说你做的菜太好吃了，以至于我们都不喜欢仆人做的菜了。是你的错！”

“我喜欢为家人做饭，很享受。”斯威夫特夫人说，“这就是我爱做饭的原因。”

他们继续准备晚餐。斯威夫特先生回到家，先亲吻了自己的老婆和女儿，然后说他和奈德·牛顿刚结束关于政府火箭合同的竞标会议。

奈德叔叔是菲利斯·牛顿的爸爸，也是斯威夫特先生的忠实伙伴。他成功地管理着制造斯威夫特发明的斯威夫特工程公司。

“汤姆在哪里？”斯威夫特先生问，“他还没有回来吗？”

“没有。其实我正担心呢。”斯威夫特夫人焦急地说，“他打电话回来讲了飞行中经历的事情，还说他很饿，会马上回来吃饭。”

斯威夫特先生看了一眼手表。“哎呀，你也知道汤姆有多专注。”科学家笑着说，“他正在研究一个新发明用来代替掉到海里那一个。”

这时，桑迪已经把餐桌布置好。烤鸡和蔬菜很快就好了，他们准备吃饭了。

晚饭结束的时候已经黄昏了。斯威夫特先生想到汤姆最近探索之行遭到的破坏，开始为儿子感到不安。但是他决定先不把担忧告诉妻子和女儿。

“我应该给工厂打电话提醒汤姆一下。”他笑着说。

他在大厅里通过内线打电话到企业集团。夜班接线员将电话转接到汤姆的实验室和主楼里的两个办公室，都没有人接电话。然后他又通过工厂的公共广播系统呼叫年轻的发明家，还是没有回应。

“不好意思，先生。”接线员报告说，“您的儿子一定已经离开了。”

斯威夫特先生挂断电话，又打电话给住在肖普顿郊外一所房子里的巴德。他和企业集团里几个年轻的工程师住在那里，因为他自己的家不在这个城市。

“巴德，不好意思打扰了。”年轻的副驾驶员接电话的时候，科学家友好地说，“汤姆到现在还没有回来。你刚才见过他吗？”

“为什么这么问？先生，我没见到他，今天下午之后就没再见到。”巴德回答说，“您担心出了什么事儿吗？”

斯威夫特先生犹豫了一下说：“希望不会有什么事儿，但是说实话我也不确定。”

巴德察觉到斯威夫特先生的不安，也感觉到他不想惊动家里其他人。

“斯威夫特先生，我马上打电话给艾姆斯。我会尽快给您回电话。”巴德说道。

“谢谢你，巴德！”斯威夫特先生感谢道。

斯威夫特先生回到客厅，企图掩饰自己的担忧。但是他夫人的眼睛捕捉到了发明家眼里的忐忑。

“亲爱的，汤姆没事吧？”她焦急地问道。

她的丈夫安慰她说：“到目前为止联系不上他，但我确定一定很快就有他的消息了，玛丽。”

三口人坐在宽敞的客厅里焦急地等待着。时间一分一秒地挨过去。电话突然响了，斯威夫特先生立刻跳起来去接电话。

“我是巴德。”来电话的人说，“我和艾姆斯谈过，他认为我们最好马上寻找汤姆。我们到你家里谈论此事会不会让夫人担心？”

“来吧，巴德！”科学家回答说。

几分钟之后，巴德的敞篷车停在了石子路上。同来的还有汉森，他身高一米八，虎背熊腰，是为父子俩的新发明徒手制模的工程师。艾姆斯随后也赶到，还带来了斯利姆·戴维斯和汉克·斯特林，汉克是性格安静的企业集团首席制模工程师。

“还是没有消息吗？”斯威夫特在门口向来人打招呼。

“还没有。”艾姆斯回答，然后小声说，“我们担心汤姆失踪可能跟今天逮捕贾德森有关。”

安保主任走进客厅里，斯威夫特夫人和女儿向他打招呼。他问：“你们想想汤姆会不会有什么差事要处理，一时脱不开身？”

斯威夫特家三口人齐齐摇头。

“那么，我们最好分头寻找，覆盖每一条汤姆可能走的路线。如果还是没有线索，就只能报警了。”艾姆斯说。

紧张集会确定搜寻方案之后，巴德就驾着敞篷车和汉森离开了。

艾姆斯和斯利姆·戴维斯一组。斯威夫特先生开着自己的车，跟在后面，和他一起的是汉克·斯特林。

他们以肖普顿为起点，呈扇形出发，询问了交警、卖报的商贩和加油站的工作人员等任何可能注意到汤姆那辆眼熟的定制跑车的人。

斯威夫特先生随后开车经过那条树木比较多的土路，他和汤姆平时想走路回家的时候就会选择这里。其他两辆车走主道高速路，从肖普顿的郊外经过企业集团。他们在工厂汇合的时候都说没有找到汤姆。

斯威夫特先生嘴唇紧闭，但十分镇定。他回想说：“我想汤姆时不时会走卡罗帕湖周围蜿蜒的小路。我们可以到那里找找看。”

三辆车同时出发，用探照灯照亮路的两旁。三辆车上都配有短程双向无线电设备用以与企业集团联系。

艾姆斯开在最前面，突然他一个急刹车在路肩处停了下来。

“等一下。”他通过无线电说，“这可能会是我们的线索！”

其他人也急忙停下，跨步走下车来。艾姆斯的探照灯照到路上的轮胎印和车子停靠时留下的油渍。丛林下面有一条小路，车子就是从这里被推向或开进附近的山谷里。

斯威夫特先生面色惨白。“这些是汤姆车子的轮胎印。我认得轮胎上的花纹。”他自言自语道。

汉克·斯特林抓住斯威夫特先生的胳膊：“您最好待在这里。”

但是现在自己的儿子生死未卜，这位科学家怎么会坐得住呢。五人纷纷从车上取出强光手电筒，匆匆前往山谷里查看。

“哦，不会吧！”巴德大喊一声。汤姆的跑车仰面朝天地躺在乱草丛中！

众人心中惶惶，连滚带爬地冲到斜坡下面，但是让他们震惊的是，车里面竟然没有人！

巴德满怀希望地说道：“或许路上发生了交通事故，汤姆吓傻了，自己走到了附近的什么地方。”

“有可能！”艾姆斯表示同意，“我们找找看！”

斯威夫特先生已经说不出话了。就在大家都在喊着汤姆的名字搜寻的时候，艾姆斯有了另一个想法。

“或许他被其他司机带走了。”安保主任喃喃自语道，“先生，你待在这儿，我去核实一下。”

艾姆斯迅速回到车上，用无线电联系企业集团要了一条线路以便于他使用电话。

他打电话到肖普顿的各家医院和诊所，但是没有一家表示有伤员符合汤姆的描述。

艾姆斯回来找斯威夫特先生，他看到大家都在搜寻的时候，山谷那边有灯光移动。

“汤姆！是汤姆·斯威夫特！”山谷里传来不断地回响。

巴德的一声尖叫吓到了他的同伴们。不一会儿，他们都来到了他身边。艾姆斯最后赶到，他惊恐地喘着气。

汤姆无意识地躺在地上。闪烁的手电筒照到贴在汤姆身上的一张打印的字条，上面写着：

这是给你们的警告。现在闭上嘴，老实地待在肖普顿！如果你们再试图去探险，休想活着回来！

斯威夫特先生表情严肃，跪在汤姆身边。他把一只胳膊垫在汤姆的肩膀上。

“他头部受到了重击。”斯威夫特先生仔细检查之后，低声说道，“希望伤势不要太重。”

巴德因为找到同伴而非常高兴。他跑回车里，又拿着急救箱和一瓶水迅速跑回来。

他喂了汤姆几滴水，年轻的发明家苏醒过来。

“放松，儿子。”他的父亲说，“你头部受了伤，所以再躺一会儿。”

汤姆呻吟着睁开眼睛说：“哎呀，是什么打到了我的头？”然后他勉强地挤出一个微笑，开始认清身边人的脸。待汤姆清醒了许多，他讲述了事情的经过。

“你看到打你的人长什么样子了吗？”艾姆斯询问道。

“没有。”汤姆痛苦地摇着头说。

当艾姆斯给他看警告信的时候，汤姆皱着眉头，若有所思地读着。

“这只是我的直觉，哈伦。但是我停车下来之后，正好有两个人开车经过。他们的脸转向一边，所以我没有看清他们的长相。但是这可能为你找到这些暴徒提供线索。他们开了一辆新款的泰奥加小轿车，颜色是金属灰。你可以追踪一下。”汤姆分析道。

安保主任答应照做。

“还有一件事。”汤姆补充说，“你可以查一下纸条的来源，看起来像是办公室的备忘录。”

艾姆斯点头表示赞同：“这个想法不错，汤姆。我回去之后会用电子观察镜再检查一下。”

汉克和斯利姆用临时担架把汤姆抬到了他父亲的车上。斯威夫特先生迅速开车载他回家。巴德也疾驰着离开去找辛普森医生，他是企业集团工厂一位年轻的医生。其他人留下来努力帮汤姆拉走跑车。

辛普森赶到汤姆家，给他做了检查，没有发现脑震荡迹象。

“好好休息，睡一觉可能是最好的治疗方法了。”辛普森医生安慰斯威夫特夫人和桑迪，她们心存感恩地舒了口气。

第二天早上，汤姆感觉很好，又精神焕发了。坐下来吃早饭的时候，他微笑地向妈妈和桑迪打招呼。斯威夫特先生已经出门了。

“今天就待在家里吧。”斯威夫特夫人担忧地跟他说。

“我真不能待在家，妈妈！”汤姆笑着拥抱她，“但是我保证——”

话还没说完，电话铃响了。汤姆去接电话，是哈伦·艾姆斯打来的。

他询问了汤姆感觉如何之后，汇报说："你的直觉很准，字条确实是公司备忘录。我通过制造商找到了泰奥加汽车公司。"

汤姆认真地听着。安保主任补充说："机长，还有些别的消息！"

第四章 反馈瑕疵

艾姆斯解释说，他打电话给底特律泰奥加汽车公司的经理。

“当我跟他提到贾德森和埃贝斯的时候。”艾姆斯接着说，“他告诉我贾德森之前是那里的记账人员，但是上星期辞职了。两天之后他们发现公司的账户里少了很多钱！”

汤姆非常惊讶，说：“你的意思是说尽管他以前挪用公款，他们还是雇用他了？”

艾姆斯解释说：“贾德森向公司交代了自己的前科，而且说服公司他会痛改前非。”

“但是听说贾德森最近又被逮捕的消息之后，这位经理确认钱一定是被他挪用了。”艾斯姆继续说道。

“关于这件事，贾德森怎么说的？”汤姆问，“你昨天跟他谈话了吗？”

安保主任说他刚从肖普顿监狱回来，对嫌犯进行了第二次盘问。

“但全是白费力气。”艾姆斯总结说，“贾德森依然不肯说话。”

汤姆考虑了一下说：“嗯，或许找到长脖子埃贝斯，就能解开这个谜团了。”

“但愿如此。”艾姆斯郁闷地说，“但是调查局到现在还没有关于他的线索。”

艾姆斯打完电话不久，辛普森医生就来了，他强烈要求汤姆回到床上休息。

“机长，你求我也没用的。”医生说道，“你受到的敲击很严重，如果你不修养，很可能会有副作用。所以你至少要躺在床上放松一天。”

汤姆虽然不情愿，但还是顺从了。一整天桑迪都在想办法逗汤姆开心。但是在这样的好天气里，让活蹦乱跳的汤姆窝在床上，简直太困难了。况且还有那么多工作要做！

幸运的是，下午巴德开着他的敞篷车带着菲利斯·牛顿来了，菲利斯是汤姆最喜欢的约会对象。

“终于可以休息一下啦！”他笑着说。

菲利斯拿出她和巴德买的礼物，眼睛闪着光说：“我相信你头上受到的敲击应该不严重，但是汤姆，接下来要快点康复哦！”

她拿出一篮子颜色鲜艳的水果和其他好吃的。

“哇！在床上待着也值了！”看到她这么细心，汤姆开心地笑着，“感谢你们俩！”

“我们可以帮你吃哦！”桑迪主动提出来。

汤姆扯下玻璃纸，把篮子递给他们。他们吃水果的时候，菲利斯问汤姆是怎么打发时间的。

“他和我下象棋，一直赢，都厌烦了。”桑迪咯咯地笑着回答，“然后他又开始在皮革纸上画几何图形，研究数学定理。”

“我的天，那是什么呀？”菲利斯说道。

“别问我！”桑迪淘气地说，“他说是研究洞洞是在甜甜圈的外边还是里边。”

汤姆看着巴德鼓出的眼睛笑了起来。

“真正的名字叫地质学。解释起来有点费劲。”

“好！那就别解释了。”巴德赶忙说。

“解释给我听听吧。”菲利斯央求说，“你的那个新发明，光谱海洋挑选器，就是那个分离机，那个机器是怎么工作的呀？你之前跟我说过真空泵的部分，但是还没有讲其他部分呢。好像跟‘裂解’有关。”她皱着眉头补充道。

“哦，你是说那个结选件。叫作结构选择元件。”汤姆回答，“它是一种典型的选择分子复合器。这个想法就有点像石油在炼油厂里裂解——”

“或者说像我听爱因斯坦教授讲课时脑子裂了一样。”巴德开玩笑说。

汤姆笑着说：“还有更简单的方法，伙计。我愿意随时帮忙。”

“好的，好的！”巴德赶紧躲开，“刚才打岔不好意思啊！”

“我说的‘裂解’是指海底那些需要清理的动物或者其他物质的有机大分子的分裂。稍等，我给你看。”汤姆解释道。

年轻的发明家走到卧室柜子那里，拿出来一个分离机的小型试验模型。

“嘿！好像啊！”巴德欢呼道。他们都被这个闪闪发光像玩具一样的机器吸引了。

汤姆指出操作平台，又指出轮胎和控制板，前面凸出来一个像大炮一样的东西。

“这个管子是一个抽排水设备。”汤姆说，“上面有一个红外线设备，用以清洁时加热水分。”

“这就是你在飞机上要告诉乔的？”巴德问。

“是的。它是钩在一个定位真空生产机上面的。”汤姆答道。

汤姆还指出了前部的另一个设备：形状像漏斗，里面有一些缠绕在一起的小线圈和晶体管。

“这是结构选择元件。”他接着说，“它不是通过热量来裂解，而是通过电子手段，然后用不同元素的原子来合成水、二氧化碳和有用的复合物。”

“这些是通过水管抽取然后存在货箱后部的。”汤姆解释道。结构选择元件控制板上布满了小杠杆和按钮，就在操控器的后面。

“这个小的模型是能工作的？”菲利斯惊讶地问。

“当然。”汤姆笑着看向巴德，“比如从头上分离一小撮头发，伙计？”

“求你了！教授，不要拿我做实验啊！”菲利斯求道。

菲利斯举起她上面镶有银质姓名首字母的皮革钱包。“这些需要变亮些。”她开玩笑地说。

“能用你的机器去掉这些污渍吗？”菲利斯问道。

“马上就好，女士！”汤姆说道。

汤姆把机器对准了金属字母。他打开太阳能板电源，转动了一个按钮。

菲利斯和桑迪眼看着污渍像变魔术一样消失不见。接着她们就郁闷了，因为镶银首字母也不见了。汤姆关掉机器之前，钱包也差一点消失了！

“钱包毁了！”桑迪抱怨说。

汤姆红着脸，赶紧道歉。

“没关系。”菲利斯善解人意地说，“只是一个旧钱包。但这是怎么了呢？”

汤姆解释说他是用硫化物来清除污渍。但是机器因为反馈作用，自主启动命令移除了金属。

“皮革中也有硫。”他补充说，“所以机器把那一部分也清除了。”

“小错误而已啦。”巴德笑着说。

“一个小错误很可能会造成很大的损失。”汤姆伤心地说，“我会给你买一个新的钱包，菲利斯。就当这个钱包是献身科学了吧，至少让我知道我的机器有一处需要改进。”

第二天早上，辛普森再次来给汤姆检查。这次他说年轻的发明家已经康复，可以回去上班了。汤姆长舒一口气。

汤姆一回到工厂就到各个部门视察，了解分离机的生产进度。幸好还有时间对结选件设备进行修改。他去找阿特·威尔特萨谈论这件事，阿特是机器车间一个聪明的年轻工程师。

“机长，什么事情？”阿特问道。他对汤姆的项目从设计图到工作模型都进行监管。

汤姆解释了自己在用机器给菲利斯的钱包做实验时发现的漏洞。“我想我知道怎么办了。”他补充道。

汤姆拿出笔和纸，画出一整晚构思出来的反馈控制线路图，目的是防止被清物体中的复合物影响移除成分的选择。

阿特评价说：“很好。我们在元件安装之前就把电路加进去。”

“谢谢你，阿特。我不想拖慢你们的进度。但是我们一定要在处理大西洋废墟之前把这些漏洞都解决掉。”汤姆拍了拍阿特的肩膀说。

汤姆等待着机器完工，他决定充分利用这段时间。因此午饭的时候，他向父亲和艾姆斯建议说到海底废墟那里去看一下。

“这样我们可以查看是否已经有其他探险队占领了这座城市。”汤姆解释说。

斯威夫特先生怀疑地皱着眉头说：“这样做明智吗，儿子？破坏阴谋和你收到的死亡警告都说明你所面对的是一帮聪明而且残忍的敌人。”

艾姆斯也说：“而且你可能会被跟踪。如果他们知道了地址，很可能会带着探险队抢在我们前面去的。”

但是汤姆确定海底城市的秘密已经泄露了。他争论说：“如果他们不知道秘密的话，就会推迟他们的破坏计划一直等到贾德森获得那个地点的情报。他们只是企图阻止我，不让我去那儿！”

艾姆斯和斯威夫特先生都觉得汤姆说得有道理，于是同意了他的提议。然后，汤姆和巴德飞到费林岛。费林岛原来只是一片绵长的沙丘，野草丛生，现在已经被改造为斯威夫特企业集团的头号秘密火箭实验室，是汤姆的航空补给站，也是他的探险队去外太空的出发地。

他们与信号塔确认之后，在小岛上登陆，然后开着吉普车迅速开往海洋直升机机库。机组人员在等候他们，已经做好前往海洋猎犬号的准备。

“你的直升机潜水艇真是太棒了。”巴德在他们与机组成员打过招呼之后评价道。

汤姆坐到驾驶室的位置，巴德坐在副驾驶位。汤姆摇动开启原子反应器。海洋直升机发出轻响，随即直冲云霄。

在大海的上空，汤姆关闭前方喷油管，向北面飞去。

“嘿！我们这是去哪呀？”巴德惊讶地问道，“去北极吗？”

汤姆笑着摇头说：“不过是提高警惕，误导可能跟踪我们的间谍罢了。”

他向北飞行了将近100千米，然后逐渐地向东南方向调整。飞越了半个大西洋之后，汤姆开着直升机潜入海底。但是即便是到了海下，他还是警惕地采取之字形路线前进。

“有什么情况吗？”他问正观察声呐望远镜的机组人员。

“一切都好，机长！”机组人员回道。

最后他们确信已经摆脱了跟踪者，汤姆设定路线直接飞向沉没在海底的那座城市。他们透过机舱石英玻璃窗，看着深海里的鱼和其他颜色灿烂的海洋生物穿梭在绿色的海水里。几个小时就这样过去了。

最后自动导航器上的一个信号灯亮了。他们现在就在黄金之城正上方，城市就在下方2千米处。汤姆猛地前推操纵轮，海洋猎犬直冲海底。

光线越来越暗，直到变成漆黑一片。汤姆开启强力海下探照灯。他们看到了大西洋中脊凹凸不平的峭壁。不一会儿，随着“砰”的一记轻声撞击，他们降落在海底。

“快看！”巴德惊讶地喊了一声，指向窗外。

借助直升机的光，他们看到海底还有一艘奇怪的潜水艇！

第五章 庞然大物

这个神秘的东西一动不动，没有显示任何恶意，里面的机组人员似乎没有注意到海洋猎犬的存在。汤姆通过声呐电话呼叫，也没有得到回应。

“你觉得这是怎么回事，机长？”巴德疑惑地问道。

汤姆也很疑惑。“你真是难住我了。”汤姆说，“我也猜不出来它是哪个国家的。”

他从航行路线图里找到一本《珍妮战舰》，翻看起来。但是没有找到外形和这艘潜水艇匹配的。

“一定是作为最高机密来生产的新型潜水艇。”汤姆低声说，“尤其是在这么深的海底工作。”

汤姆用询问的眼神看着巴德：“你敢去拜访一下吗？”

“穿着胖人装备吗？”巴德笑着说，“有什么不敢的？他们看到我们会不会吃惊呢？”

胖人装备是汤姆和海底海盗探险的时候发明的救生服。它形如钢蛋，里面有回旋仪和可伸缩的机械臂及机械腿用以保持平衡。

汤姆和巴德一人穿了一套救生服，关闭了石英玻璃查看板。不一会儿，两个奇特的钢铁怪物从海洋猎犬里面走出来。

负责留下来操控海洋猎犬的机组人员透过机舱玻璃紧张地看着汤姆和巴德摇摇晃晃地向海底的黑暗处走去。每套救生服上都自带探照灯。在海底，胖人装备承受着极高的水压和刺骨的低温。但是汤姆和巴德在救生服内部坐在操作椅上操控着空气推进器，感觉很舒服。

汤姆接近神秘的潜水艇之后，用胖人装备的机械臂敲击它的外壳。连续敲击了几下都没有回应。

“或许里面没有人。”巴德通过衣服上的声呐电话说道。

“我也是这么想的。”透过衣服上的观察镜，可以看到汤姆皱着眉头，一脸的疑问。

“那我们现在怎么办？”巴德问道。

“把它打开看看里面有什么。”汤姆说道。

巴德心里很害怕潜水艇里面有人设置陷阱来抓汤姆。但是他什么都没说，而是选择相信自己同伴的判断力。

两个男孩回到了自己的飞机里。然后汤姆把海洋猎犬停在那艘潜水艇的旁边，这样深海割炬的管子就可以通过气闸室来工作。

两个男孩再次穿着胖人装备走出机舱。汤姆用伸缩臂调整管口，引导燃炬喷向神秘潜水艇舱口的钢铁边缘。现在他已经切开一个足够放进工具的口子。

“好了。拿一个撬杠过来。”他通过声呐电话对巴德说。

两个男孩把撬杠放进去之后就开始撬舱门。幸运的是，胖人装备给他们提供了足够的支撑力。反复努力之后，舱门终于被撬开并滑到了一边。

一进到潜水艇的气闸室，汤姆就迅速弄清了内部门的开启机制。他和巴德料想到会有大量的海水涌入舱内。但是等他们进去之后，却非常惊讶，因为潜水艇里已经灌满了海水！

“啊！”两个男孩大声叫了出来，吓得脸色惨白。人体骷髅就漂浮在潜水艇内的杂物上！他们骨头上还残存着破碎的衣服，但是已经无法辨认。

汤姆移开视线说：“现在知道他们为什么不回答了。我们最好找找线索——但是动作要快！”

两个男孩迅速地搜了一遍被淹没的驾驶室。潜水艇是用原子反应堆启动的，但是表盘和机械上都没有制造商的商标。

“完全不知道是哪国生产的。”巴德低语，“你觉得他们是故意抹掉商标的吗？”

汤姆表示怀疑。“很可能。”他猜想说，“这个潜水艇是一个实验品，是徒手建成的。”

当他们返回气闸室的时候，汤姆看到了一箱子特殊的工具，有刮刀、铁丝刷，还有看起来像是喷气枪的设备。

“哦，哦！或许这些工具说明了这个潜水艇的用途。”他通过声呐电话低声说道。

“什么意思？”巴德问。

“这艘潜水艇可能是用来清理海底废墟的。”汤姆捡起几个工具，也示意巴德捡起来看看，“回到肖普顿之后我会检查一下，这可能会给我们提供一个线索。”

汤姆穿着胖人装备走出了气闸室。海洋猎犬接受命令，到安全的距离外以避免神秘潜水艇的任何意外状况。

汤姆从黑暗的海底走出来。在返回海上直升机的路上时，突然声呐电话里传来大喊。

“机长！救命！”巴德求救道。

汤姆转过身，看到了让他惊恐的一幕：巴德被困在了神秘潜水艇的气闸室里面！很明显，他离开的时候，不小心触发了关闭模式。沉重的机舱门关闭，把胖人装备的一条腿夹在了里面！

汤姆开启了自己的空气喷气机之后，迅速走向潜水艇。他的大脑飞速地转着。没有撬杠，胖人装备能否撬开舱门解救巴德呢?

汤姆看了一眼巴德，知道情况非常危险。

“我的救生服漏气了！”巴德通过声呐电话发出信号，眼里满是恐惧。

汤姆猜到了原因。一定是巴德向外拔腿的时候，太过用力，弄碎了脚关节处的水封。这个水封是用来控制腿的伸缩活

动的。

“放松，伙计！”汤姆尽力保持镇定，“不要再给腿关节处施加压力。我很快就能把你救出来！”

汤姆把胖人装备的爪子伸进了机舱，慢慢地施力，看到舱门慢慢开启的时候，他的心怦怦地跳着。

“快点，汤姆！”巴德说道。

很快巴德就能拔出腿来，重获自由了。汤姆在他的胖人装备里扭转头向周围看去，发现巴德大喊不是因为衣服漏气，而是一只荧光海洋生物直奔他们而来！

这个半像鱼半像海蛇的怪物发着诡异的蓝光，居然有15米长！

“试着把他吓跑！”汤姆给巴德发信号。他用胖人装备的手臂有力地拍打海水，巴德也照做。

但是这个怪物并不害怕。它突出的眼睛凶狠地瞪着他们，又张开大嘴，露出一排尖利的牙齿。

“小心！”巴德喘着粗气说，“那个东西开始盘成一个圈了。”

这条滑行动物像蟒蛇一样，企图用自己的身体缠住胖人装备的四肢。如果这个怪物有它看起来那么强大的话，那它很可能轻松地破坏或者卸掉机器的一条腿或一只胳膊了，由此导致的泄漏对汤姆和巴德来说可能是致命的。

“戳它！”汤姆提议说。

男孩们慌乱地操作着四肢。钢铁做的爪子插进了怪物结实得像皮革一样的肉里。

同时，机组人员看到了两个男孩的困境，迅速驾驶海上直升机朝他们赶来。这时候这些被吓傻的旁观者帮不上什么忙。他们努力不伤到汤姆和巴德，只想把这个生物吓跑，但没有成功。

这怪物现在狂乱地摆动着，嘴里吐出黑色的泡沫。它遭到了严重的惩罚，胖人装备抓进了它的肉里。突然间它松开缠绕，嗖的一下逃离到他们的灯光照不到的地方。

“我的天呢！简直就是噩梦啊！”巴德无力地大口喘着。

“赶紧上飞机！”汤姆对他说。

他们迅速回到海洋猎犬的气闸室里。巴德被冰冷的海水冻得瑟瑟发抖，他从胖人装备里爬了出来。不过换上干衣服之后，他很快就恢复了，一口气喝了好几杯热可可。

“哇！”巴德长舒一口气，“我在想以前那些古老的海蛇故事是不是就是关于刚才那个怪物的。”

汤姆耸耸肩，说：“谁知道呢，科学目前还没有研究这么深的海底的生物。”

汤姆回到驾驶员座位，将飞机开到黄金之城的主体位置。那里没有任何活动的迹象。

“现在怎么办呢，探险男孩？”巴德问道。

“回家——立刻！”汤姆简单地说。

他断开涡轮，驾驶海洋猎犬浮至海面。他很想用无线电向企业集团报告情况，但是后来决定不这么做，因为担心无线电广播会暴露他们的位置。

汤姆启动直升机模式，开启了原子反应器涡轮。海洋猎犬在大西洋上空优雅地飞行着。然后，他切换至前喷模式，改变方向返回A国。

他们回到费林岛的时候收到了惊喜。斯威夫特先生因为和政府的火箭竞标合同来到基地参加会议。汤姆把关于遗失的潜水艇的故事一股脑儿地讲了出来。

老科学家皱着眉头，表情严肃说："潜水艇正好就沉没在那里纯粹是意外吗，或者说那些人是不是打算探索黄金之城的？"

"问得好。"汤姆认真考虑父亲的话，"我觉得是后者，根据我们在船上发现的工具。如果知道他们的来源，或许能给我们一个线索。"

在费林岛结束办公之后，斯威夫特先生、汤姆，还有巴德一起飞回肖普顿。回来的路上，斯威夫特先生告诉他们斯威夫特工程公司作为预算最低的竞标者，获得了一项政府的合同，将生产基于他的新发明的火箭。

"太好了，爸爸！"汤姆欢呼道，"我就知道你一定会胜出。"巴德也表示了祝贺。

但是斯威夫特先生担忧地摇着头。"我的麻烦才刚开始。”他告诉他们，“条款要求的生产速度比我预期的要快。说实话，我担心我们不能按时交付火箭——事实上，我们至多也就能生产出一半的数量。”

“为什么不利用我们企业集团的设施呢？”汤姆敦促说，“让企业集团的所有人都投入到这个项目里。”

“不是人力的问题。”他的父亲解释，“是迅速找到我们急需的稀有金属材料。我不想在国家急需这批火箭的时候让政府失望。但是我已经尽最大努力来获取这些金属了。”

斯威夫特先生郁闷地叹了口气说：“看样子，这个项目可能会落到预算第二低的竞标者手里。”

第六章 实验室线索

“先生，你需要什么样的稀有金属？”巴德好奇地问。

“巴德，你可能熟悉。”斯威夫特先生笑着说，“毕竟是你和汤姆先发现那个矿井的。”

“我爸爸在说我们发现的那种稀土。”汤姆说，“你还记得吗？”

“哦，当然记得。”巴德回想起来。“你说的是名字非常奇怪的那些金属——比如，叫绿石英什么的。”

汤姆笑了说：“你是说镨。是的，那是其中一种，巴德。我爸爸在使用几种稀土成分来生产所需的轻便且高强度的合金用来制作新型火箭的机体。”

“还有其他几种稀有金属。”斯威夫特先生补充说，“包括幻影卫星找到的卢奈特。”

科学家继续解释说，获取和合成金属合金的工作有很多困难。

“要是能找到正确属性的新型金属就好了！”斯威夫特先生忧伤地说着，“比如说可以用来和镁复合的金属。这样不仅能够降低成本，还能大大提升生产速度。”

“您需要的是原子时代的飞机金属。”巴德开玩笑说，“比如，你可以叫它合金原子什么的。叫原子裂变体怎么样！”

“好名字。”斯威夫特先生笑了，“但是我们首先要找到正确的材料。”

“太简单了，爸爸。”汤姆说，“就把这个任务交给巴克利和斯威夫特企业集团——原子时代的希望！”

“好！但是得快点做。记住，政府的合同6个月内必须执行完毕。”斯威夫特先生说道。

三个人都笑了。郁闷的气氛一扫而光，明显轻松起来。汤姆暗自希望能够帮助父亲找到解决问题的方法。

回肖普顿的飞行时间很短。飞机刚着陆到企业集团，斯威夫特先生就迅速回到主楼办公室里。

“我们要拿着在海底潜水艇里找到的工具到实验室。”汤姆跳上吉普车说。

男孩们开车到年轻发明家那个四周都是玻璃墙的私人实验室。

这个空气新鲜、宽敞明亮的大楼这时洒满午后的阳光，楼里有很多令人惊讶的科学设备，摆放着令人眼花缭乱的科学仪器。任何一种现代发明，从反重力泡沫到氦低温恒温器，都可以在这座大楼里找到。汤姆就是在这里开始了他的新发明。

“首先要做什么？”他们把工具放在工作台上时，巴德问道。

“我要用我的回溯相机测试一下这个工具。”汤姆回答说，“可能会显示制造商商标。如果没有显示的话，我会做一个光谱分析。”

汤姆几个月前第一次用他的回溯相机显示出了在F国发现的已经毁坏很久的寺庙的雕刻。这个工具能够找到放射性衰减的内在形式，这个形式就像是原来物体的一个隐形的“碳复制”。

“开灯！预备！开始！照相机！”汤姆开启设备时，巴德打趣地说。

年轻的发明家笑了，他通过回溯相机专注地看着这个工具——一个手动刮刀。

和其他试验品一样，这个工具已经使用多年了，主要用来刮掉船上的油漆。汤姆转动了几个按钮，观察器发出嗡嗡的声音开始工作。在工具的复制品成像屏上出现了一个商标，是一个三角形，里面有一个字母V。

“那是什么？“巴德问。“是制造商的商标吗？”

汤姆点点头，皱着眉思考着说：“但是不能马上确定是哪里的商标……嗯，等一下。”

汤姆冷不丁弹了一下手指，脸上露出担忧的神情。

“知道了？”巴德询问。

“我想是的，但希望我没有搞错。”汤姆回道。

汤姆继续检查其他工具，没有再说话。工具上都是同一个符号，但是手提喷气枪在观察器下没有显示任何记号。

“我猜这些都不是现成的工具，而是为了海底探险专门设计和组装的。”汤姆说道。

“好吧。那这些三角形V是什么东西呢？”巴德问道，“你还要继续保密？”

“再给我几分钟。”汤姆回答，“我一会儿就确定了。”

他开启一个动力工具，从刮刀上切下来一块金属，然后把样本放在公司的观察器下，按了一个按钮。一股电磁能量穿透金属，将它加热得不断闪动着耀眼的白炽光。

过了一会儿，汤姆拿出来一个图表，开始研究记录下来的光谱。他把图表放进电脑里，然后电脑在几秒钟内将它和其它金属进行比较。

“那么，和你想的一样吗？”巴德问道。

汤姆紧闭着嘴，点点头。“这个分析已经证明了。”他抬起头补充说，“你听说过瓦尔达钢铁公司吗？”

“没有。这就是V代表的意思吗？”巴德问道。

“是的。瓦尔达生产世界上最好的钢铁，并按照公司特有成分配比冶炼合成。他们的商标以前很有名。之后另一个国家接手了工厂——是通信卫星傀儡政府——然后停止了所有出口。”

“哪个国家？”巴德还是很疑惑。

“C国。”汤姆表情阴郁地回答。

巴德郁闷了。C国的政治派别一直敌对这个自由的世界，而且他们的特工还多次阻挠汤姆的科学探险。他们甚至使用武力和欺诈的方式来阻止汤姆为A国获得内斯特丽亚幻影卫星的所有权。

“惨了！”巴德低声说，“如果这些工具是瓦尔达制造的话，那么那艘潜水艇很可能也是C国的！”

“的确。”汤姆在实验室里走来走去。他瘦削的脸上露出担忧的神情。“巴德，这个发现真是让人担心。”

“是啊！”巴德气愤地一屁股坐在实验室的板凳上。“考虑到他们之前的行为，这些人可能不会就此罢休的。但他们是怎么发现黄金之城的呢？”

“我知道就好了！”汤姆叹道。

汤姆用手摸了摸金色的平头说：“我想确认的另一件事情是贾德森和埃贝斯与他们是否有关系。”

“我一定不会放过这两个鼠辈！”巴德怒吼道。

“没关系的！”这时他们听到爽朗的大笑声，“就当他们是可恶的臭虫好啦！”

他们抬起头，看到乔·温克勒在实验室的走廊里站着，一只手里端着午餐盘。

“不是我说你们！经历了此次航海之后，你们应该吃顿好的才对呀！”他又说，“要记住，坏脾气对消化不好！”

汤姆和巴德笑了。这位厨师今天穿的是另一套牛仔服，柠檬色的T恤和时髦的串珠背心。

“看他的新靴子！”巴德欢呼说。

乔的新鞋依然是高跟的，用闪光的漆皮制成，还装饰有白色的花边。

“看起来是不是很好？”乔笑着，将餐盘举过头顶，跳起了牛仔吉格舞。

结果因为没站稳，盘子从手上摔了下来。确定他没有伤到自己之后，两个男孩大笑起来。

“哼，有什么好笑的？”乔大声说。

“哎哎！”巴德摇晃着手指说，“记得你说过，坏脾气会坏掉一个人的胃口哦！”

汤姆和巴德还在笑，他们把这个胖胖的厨师扶了起来。乔怒视了一会儿，然后露出羞涩的笑容。“我好像摔在地上的沙包，确实很搞笑。”他好脾气地承认。

看着被弄上污渍的马甲和T恤，他郁闷地说：“比起摔一跤，我更在乎的是我的新外套！”

为了安慰他，汤姆和巴德替他擦地板。20分钟后，乔又端来一盘子食物，两个男孩狼吞虎咽地吃着。

汤姆在大口吃着热的鸡肉三明治的时候，说：“我想我们最好给艾姆斯打电话，跟他说这些工具的情况。”

一吃完饭，汤姆就拿起电话按下了安全部门的电话号码。

艾姆斯收到了来自费林岛关于沉没的潜水艇的报告，十分惊慌。

“所以现在我们要面对的又是C国！”安保主任抱怨说。

“看来是这样的。”汤姆说。

艾姆斯也立刻怀疑是C国雇用贾德森和埃贝斯来搞破坏。他建议汤姆到肖普顿对贾德森进行第二次问话。

“好主意，哈伦。”汤姆说。

几天之后，安保主任从实验室里开出一辆车，载着汤姆和巴德一同前往城里。

他们在公安局总部和局长谈了一会儿，然后由狱吏带着到贾德森的牢房。

囚犯正抽着烟，躺在沙堆上休息。他用讽刺的眼神看着三位来访者。

“你们为什么不放弃呢？”他嘲笑地说，“我是不会跟你们说的，不要白费力气了！”

汤姆冷眼看着这个人，决定让他卸下防备。

“你的意思是。”汤姆说，“你宁愿把自己的国家出卖给外国人！”

贾德森像受了电击一样身体僵直，说：“你怎么知道我——”

然后他又不说话了。

第七章 狂欢节的嫌疑人

“接着说！接着说！”艾姆斯命令囚犯。

但是贾德森紧闭着嘴巴不说话。他阴郁地瘫坐到自己的小床上。

“你还不知道我们了解你和C国的交易吧？”汤姆想要刺激他，让他再说一些，“好吧，贾德森，你要知道。对于他们来说，你就是个丑角。现在他们又让你背黑锅！”

“叛国加上搞破坏，他将会受到什么惩罚呢？”巴德意识到汤姆的战略，跟着问道。

“可能是终身监禁。”艾姆斯强调说，“除非他识趣，跟我们说实话。”

贾德森瞪着这三个人。“我已经说过你们是在浪费时间了。”他大声喊道，“快给我出去！别烦我！”

艾姆斯又问了囚犯更多问题，但是他一句话也不说。最后，汤姆和他的同伴们放弃了。

他们离开的时候，斯莱特局长问：“问出什么了吗？”

汤姆告诉局长他们指控贾德森为C国效力的时候他惊恐的反应。

斯莱特感到震撼，接着说："看起来这是一条有待挖掘的好线索。我会把消息汇报给调查局的。"

"一定要汇报。"艾姆斯说，"我们也会通知国务院和情报局。"

一组人闷闷不乐地回到企业集团。下午4点半，桑迪给汤姆打电话。她让哥哥当天晚上带着巴德回家吃饭。

"我和菲利斯在家等你们。"

汤姆在电话里笑了说："好的，妹妹。"

汤姆笑着给停机坪上的巴德打电话。副驾驶员接受了邀请。

"有什么事吗？"巴德问。

"我也不清楚。"汤姆回答说，"但是我的直觉告诉我，她们想告诉我们平时跟她们约会的时间太少了。"

刚过五点，巴德就来到汤姆的实验室。

他们回到家的时候，桑迪和菲利斯甜蜜地跟他们打招呼。吃饭的时候，他们欢乐地交谈着。但是饭后，两个女孩把汤姆和巴德堵到了客厅。

"你新发明的模型制作得怎么样啦？"菲利斯似乎不经心地问道。

"希望周一能完工。"汤姆回答说。

“那么我猜想这周末你应该不会出发前往海底之城吧？”桑迪问道。

“不会。但是我们周六可能还要工作。”汤姆回道。

“别想逃！”桑迪插话说，她的蓝眼睛闪着光，“如果你们周末不走的话，那一定要带上我和菲利斯，我们一起约会。”

“哦——哦！”巴德看向汤姆，“兄弟，你说的对。整个晚餐就是设计好的。原来她们并不是出于好心请我们吃饭！”

“真是个好回答。”桑迪撅着嘴说。

菲利斯忍住不笑，说道：“没用的，桑迪。我想可能他们不喜欢我们这种类型的女生。”

“哎，好吧。”桑迪淘气地耸了耸肩，“如果你们一直这么忙，那我们就去找别的约会对象了。”

这句话让巴德马上做出反应。“嘿，不许那么做！”他抗议，“或许我们可以抽出点时间。要做什么？”

桑迪和菲利斯拒绝透露她们的计划。桑迪说她们会在周六中午的时候约他们在工厂见面。

第二天是周五。汤姆和巴德都很忙，没有时间见面。

但是一到周六中午11点45分，巴德就匆忙赶到汤姆的实验室。两个男孩清洗干净，换上白衬衫、休闲夹克和宽松裤，等待桑迪和菲利斯出现。他们到实验室大楼外面等着两个女孩开车赶来。

然而，这时候广播里传来声音：“汤姆·斯威夫特和巴德·巴克利，请马上到机场报到！”

朋友俩迅速开着吉普车朝机场开去。令他们吃惊的是，跑道上停着一架特种鸽子，这是斯威夫特工程公司制造的时髦私人飞机之一，两个女孩就坐在里面。桑迪是技术娴熟的驾驶员，她经常自己开飞机出去玩，或者是向潜在客户展示飞机。

“嘿！这是什么？”和汤姆从吉普上下来的时候，巴德欢呼道，“是试飞吗？我还以为我们是要约会呢！”

“我们是在约会呀！”桑迪的蓝眼睛忽闪着，“快上来！”

困惑不解的男孩们上了飞机。桑迪优雅地操控飞机起飞，他们在卡罗帕上空飞行。

“能告诉我，我们要去哪里吗？”汤姆笑着对菲利斯说。

“郊外。”菲利斯回道。

“那是什么地方？“汤姆问道。

菲利斯调皮地笑着。

他们二十分钟到达目的地后一切都明了了。郊外已经设置为狂欢节的场地，就挨着城市小型飞机场。

“耶！”巴德高兴地欢呼道，“太棒了，桑迪！我有一百年没参加过狂欢节活动了！”

他们刚着陆停好飞机，四个年轻人就脚步轻快地走向狂欢节场地。整个场所都弥漫着激动的气氛。

场地上有条纹帐篷和一簇簇的气球，色彩艳丽。商贩在娱乐区前面大声喊着，小孩子们在旋转木马和游乐车上大笑尖叫着。

“哦！我好兴奋啊！”菲利斯承认道，“桑迪，这是你想出的最好的主意了！”

两对情侣午饭吃了法兰克福香肠，喝了奶昔，女孩们的奶昔上还加了粉色的棉花糖。

“嘿。让我们向桑迪和菲利斯展示一下我们的射击技术有多好吧！”他们路过射击室的时候，巴德提议道。

“好的。”汤姆笑着说，“不过我们的分数不要超过她们太多哦！”

女孩们选好了枪开始了第一轮射击。

砰！砰！砰！游动的鸭子下降得比来复枪比赛里的泥企鹅还要快。

“哇！很好！“巴德喘着气说。桑迪和菲利斯天真地笑着，什么也没说。

轮到汤姆和巴德上场，他们无法胜过女孩们的高分。他们放下枪，对视了一下，非常懊恼。

汤姆狡黠地笑了。“这不会也是安排好的吧？”他跟巴德开玩笑说。

女孩们大笑起来。“好吧，我们坦白。”桑迪咯咯地笑着，“我们在跟乔学习射击！”

男孩子们决定要在下一场表现得更好。他们来到一个亭子，游人们在向滑稽的木乃伊扔棒球。

“二十五元可以扔三次！”拉客的人大声喊，“很简单的，朋友们！很轻松就能将木乃伊打倒的！所以快过来，给你们的小女友们赢个礼物吧！”

“好的。或许这次我们会走运。”巴德期待地笑着说。他在高中的时候是个出色的投球手。

当他们在等待的时候，一个旁观者笑着说：“嘿，那个木乃伊看起来像长脖子！我们去告诉他吧！”

汤姆和巴德十分惊讶。他们说的是埃贝斯吗?

巴德立刻看了汤姆一眼。“你听见了吗?”他低声问道。

“当然听到了。”汤姆转向两个女孩说，“你们在这里等一下，我们很快就回来。”

刚才说话的那个粗壮红脸男人已经和他的同伴离开了。汤姆和巴德跟在他们后面。

就在他们接近其中一个帐篷的时候，汤姆的心脏扑通扑通地直跳。前面站着一个个子很高、面容憔悴的男子，长着鹰钩鼻子。正是调查局提供的照片里的男人。他一定就是长脖子埃贝斯！

汤姆认出他的同时，他的目光正好落到汤姆的身上。他大叫一声提醒他的两个同伴：“快跑！你们两个傻瓜！跟在你们身后的是汤姆·斯威夫特！”

红脸男子惊愕地回头看了一眼，然后像受惊吓的大野兔子一样跑了起来。

埃贝斯已经混到人群里了。汤姆和巴德飞快地追赶着这三个男人。但是这些逃犯向不同的方向分散跑去。

“追埃贝斯！”汤姆大喊。

汤姆和巴德在游乐场里快速地跑着，还不断地躲避以免与嬉戏的人们撞到一起。但是因为游人太多，他们很难将目标锁定在视线范围内。想到帐篷间有十几条路线，埃贝斯不一定从哪条溜走，汤姆和巴德放弃了追赶。

因为不走运，他们感到不开心。男孩们回到桑迪和菲利斯身边，告诉她们刚才发生的事情。汤姆看到一个正在巡逻游乐场的警察。他把全部情况告诉了这位警察，说埃贝斯是调查局的通缉犯。

“我立刻给总部打电话，开始搜捕。”警察许诺说，“这些人现在很可能都已经跑了。但是州警可以设置路障。”

尽管有了段意想不到的插曲，四个年轻人还是尽情地享受着狂欢节的欢乐气氛。黄昏来临的时候，他们飞回肖普顿，晚上他们在当地的一个乡村俱乐部跳舞。

汤姆在当天晚上还有周日，打电话到警察局核实情况。但是他的朋友罗克警长报告说没有发现长脖子埃贝斯和两个同伙的行踪。

周一的时候，汤姆在企业集团听阿特·威尔特萨说新的分离机已经造好了，汤姆非常高兴。

“太好了。阿特！”汤姆祝贺阿特，“现在我们出发去黄金之城！”

当天和周二的大部分时间里，汤姆都在为探险做最后的准备。

周二晚上的时候，布瑞恩·弗雷泽中尉乘飞机从首都赶来。

这个一头红发、让人很舒服的年轻海军被派来代替克伦威尔。克伦威尔因为遭到埃贝斯和贾德森袭击，还没有恢复。汤姆注意到这个新来的人穿着潜水艇机构的黄金双子海豚装。

“这次旅行你一定会如鱼得水的。”汤姆跟他握手的时候说道。

弗雷泽笑了，说道：“我很期待！”

汤姆说他想在海底废墟上面搭建一个塑料空气室，类似于他在斯威夫特氦井搭建的。他打算利用两架货机和海洋猎犬一起搭建。

星期三早上，汤姆、巴德、乔、弗雷泽中尉和辛普森医生一起出发前往费林岛，机组人员在那里等候。

梅尔·弗拉格勒和金姆比是经验丰富的飞行员，他们被选来负责控制货机潜水艇。

两艘潜艇都是水力推进的，是汤姆之前用于追捕海盗所用的双人模型的大版本，而且被特别改装成运输机。每架飞机上有一个大型的圆锥体，作为货仓。

“梅尔，仪器元件放到你的潜艇上。”汤姆说，“金姆比，斥力装置放到你的潜艇上。让声呐和水下电话时刻处于警惕状态，以免C国给我们造成任何干扰。”

“好的，机长！”他们表示收到命令。

三艘潜艇都已经做好离开的准备。不到一个小时，他们潜下海底，朝大西洋水域驶去，海洋猎犬在最前面。

“你们的潜艇真不错啊！”布瑞恩·弗雷泽羡慕地对汤姆说。现在潜艇的速度已经达到了每小时150千米。

巴德笑了说：“等它起飞之后再说这话好啦！”

第二天早上，他们抵达汤姆那灯火通明的氦气城市。距离海底60厘米处闪亮的塑料空间里，有钻机、坦克、寝室和工作室，气势恢宏、令人兴奋。短暂停留之后，三艘潜水艇前往海底废墟。

目前为止，一切都很顺利，声呐和声音探测设备都没有发出任何警告。汤姆打开声呐电话话筒用代码向金姆比·考克斯发送命令：“伙计，呼叫海下二号，快接听！”

没有任何回应。汤姆反复呼叫，依然没有回应，然后他给梅尔·弗拉格勒发出信号。

“我在呢，机长。”梅尔回复，“出了什么事？”

“我联系不上二号。”汤姆解释，“你收到二号的消息了吗？”

“上次暂停之后就没收到了。”极度惊慌的汤姆开着海洋猎犬返回，迅速搜寻整片区域。在强大的探照灯光照范围内，根本看不到未回应的那架货机的踪影！

第八章 鱼语交谈

海洋猎犬像一只巨眼，发出光束，继续在漆黑的海底搜寻，然而并没有看到失踪的斯威夫特直升机潜水艇。

最后汤姆让弗拉格勒加入一起搜索。两架飞机花了两个小时搜寻整片区域。最后梅尔冷静地汇报说：“机长，还是没有找到。”

汤姆的心沉了下去，搜索似乎是徒劳的。

“为什么不飞到海面用无线电呼叫呢？”布瑞恩·弗雷泽提议，“考克斯可能飞离了航线。”

“可以尝试一下。”汤姆说。但是他知道除非失踪的飞机也在海面，否则依然不会有应答。

汤姆关闭涡轮，开着海洋猎犬垂直快速升向海面。机舱外的水域先是变为灰色，等他们飞到阳光能穿透的水域，水变成了鲜艳的蓝绿色。一会儿，豪华的海洋直升机就冲出了海面。

汤姆按下按钮打开海洋猎犬的天线，开启无线电。

“海洋猎犬呼叫斯威夫特二号潜水艇！”他用代码喊道，

“能听见吗，金姆比？”他反复问了几遍。

还是没有回应。

汤姆只好绝望地放弃了搜寻，他通过企业集团专用频率拨打长途电话。无线电台的迪林主任接了电话。汤姆问他有没有收到考克斯飞机的消息。

“没有，汤姆。出什么事了吗？”迪林回道。

“飞机失踪了。”年轻的发明家郁闷地说。

听到消息后，迪林答应将会集中力量联系失联的货机或者搜寻关于货机的消息，然后将电话转接给坐在私人办公室的斯威夫特先生。

“情况如何，儿子？”科学家询问道。

当汤姆把这个坏消息告诉父亲的时候，他的父亲也非常担忧。金姆比和他的机组是被困了？还是已经葬身在海底了？还是他们的潜艇被C国海底强盗劫持了？

“我们的国家警卫队能不能采取什么措施呢？”汤姆想要抓住最后一线希望。

“我会请求大使馆展开正式调查。”斯威夫特先生说，“我还会让海军组织搜寻。同时，我建议你继续开展你的计划，汤姆。”

“好的，爸爸。但是我需要一个金姆比潜水艇上斥力装置的替代品。”汤姆说道。

斯威夫特先生答应尽快给他准备好需要的设备。汤姆让爸爸给家里人转达了关爱的问询，就离开了。

海洋猎犬再次潜入海底。在那里，汤姆再次尝试通过声呐电话联系金姆比，但还是没有回应。整个机组为失踪的同事感到心情沉重。

巴德摆脱了沉郁的心情，终于说："汤姆，当我们将这座城市公之于世的时候，它需要一个名字，就叫黄金城市吧。"

"黄金城市？"乔插嘴道。他是过来看一下有没有人饿了。"你是如何想出这个名字的？"

"黄金的意思是金子。"巴德解释，"这是我现在能够记得的高中时期学过的六个拉丁文单词之一。"巴德笑着说。

"黄金之城。"这个人卷着舌头搞笑地重复着这个名字，"不错。伙计，我有点喜欢这个名字。"

汤姆表示同意道："就叫它黄金之城吧。"

很快，大西洋崎岖的峰顶暴露在漆黑的水中。汤姆决定在建立基地之前先环绕一圈查看一下。放慢涡轮的速度后，海洋猎犬升起来，汤姆沿着海底山脉滑行，并指示梅尔·弗拉格勒也照做。

十分钟后，声呐兵突然大叫："我发现了一些东西，机长！"

"在哪里？"汤姆紧张地问。

"大概在30度方向，2千米的距离，正在迅速靠近。看不清是什么东西，但看起来像是潜水艇。"声呐兵说道。

机组人员既兴奋又担心。担心新来的潜水艇是C国来的袭击潜艇。如果是的话，没有武器装备的海洋猎犬和梅尔的潜艇将铤而走险了！

“幸好我们的海洋直升机表面涂了一层托马塞特，我真是太高兴了！”乔激动地说道。

“是的！”巴德表示同意。托马塞特是一种神奇的塑料，可以用来防辐射，中和电磁，还能吸收声呐波，因此使海洋猎犬免于被敌机的望远镜发现。

同时，汤姆抓起麦克风提醒梅尔·弗拉格勒。

“如果那艘潜水艇是敌人的话，他们不会通过水下电话听到你的声音吗？”弗雷泽中尉问道。他很冷静，但是皱着眉头。

汤姆笑着说道：“我不会用人的声音说话的。我们有在紧急情况下的专用暗号——鱼暗号。听着！”

接着他发出一连串奇怪的声音——先是像牛叫，然后是刺耳的噪声，最后是几声断断续续的狗叫声。

弗雷泽开始很迷惑。但是当他辨认出海底常听到的鱼叫声之后，就大笑起来。天使鱼呜呜的声音，龙虾刺耳的声音，还有金鳞鱼和鲶科鱼的叫声。

汤姆正等着梅尔向他确认信息。令他惊讶的是，有人回复他：“你这只老鱼！我回来了！”

“金姆比！”汤姆高兴得不能自已，“你的意思是我们在望远镜里看到的是你？”

“如假包换，机长！”金姆比说道。

当机组人员得知失踪的潜艇安全返回了，都欢呼起来。

“但是你们去哪里了呢？”汤姆继续激动地问道。

考克斯说他们通过声呐望远镜侦察到一个奇怪的潜水艇，很显然对方在跟踪他们。“于是我想到一个办法误导他们，让他们白费力气，以防他们是C国人。”他解释说。

甩开了跟踪他们的潜水艇之后，金姆比就听到了汤姆的呼叫，但因为担心再次招来敌人，他不敢应答。

汤姆放松地笑着说：“整个海军队伍都在找你们！”

汤姆命令两架货机潜水艇继续前往黄金之城之后，浮出水面打电话到企业集团。听到金姆比返回的好消息，斯威夫特先生和迪林都特别高兴。

“我立刻告诉霍普金斯将军。”斯威夫特先生说道，“幸好备用的潜水艇还在装货，没有出发。”

过了一会儿，海洋猎犬再次潜入海底冲向大西洋中脊。汤姆把直升机停在海底山峰之间的谷底。两架货机在附近盘旋，它们的灯把黄金之城的柱形废墟照亮了。

“太难以置信了！”弗雷泽中尉喘着气，惊奇地看着这个场面，“接下来要做什么，汤姆？”

“我和巴德要去金姆比的船上启动斥力装置。”汤姆解释道，“我不在的时候你负责，布恩。一定要警惕敌机！”

年轻的发明家和巴德迅速地穿上胖人装备走向考克斯的货机潜水艇。男孩们穿过气闸室上了船，从钢铁蛋里爬出来。汤姆下达着指令：“我们需要两个人来帮我们安装空气机器，金姆比。同时，请把斥力装置升到气闸室。”

“好的，机长！”金姆比答应道。

汤姆、巴德和他们的两个助手都穿上胖人装备，接着把透气性空调安装在城市的周边。这个设备能从海水里吸收氧气，来制造空气泡。

他们回到货机潜水艇的时候，斥力装置已经准备进入气闸室。它由一个银色金属平台的球体、一个操控台和一个电子控制面板组成。球内置有辐射体，可以向各个方向发射斥力波。

汤姆调整了几个旋钮，然后抓住斥力装置的控制杆，做好启动的准备。

“好了。打开舱门，巴德！”汤姆说道。

巴德旋转着强有力的螺旋机，气闸室的外部滑开了。

同时，外面的水里形成了一个气球。还在运转的斥力装置被放到了潜水艇的外面，然后放到了海底。它巨大的锚扎到了海底下面。

“泡沫变大了！”巴德看到一个巨大的空气泡沫把整个潜

水艇包围起来，笑着说道。

斥力波平稳地把来自四面的海水都退去。泡沫越来越大，直到把海洋猎犬和其他两架货机都包围起来。泡沫还在膨胀，已经把整个废墟都包围起来。

等到泡沫膨胀到透气性空气调节器安装好的时候，汤姆打开远程控制巨缆上的开关。机器立刻开始运作，在泡沫里制造不太潮湿的舒适空气。达到正常气压后，一个绿色的信号灯闪烁起来。

汤姆打开他的石英观察镜，从胖人装备里爬出来。“开始办正事了，朋友们！”他笑着宣布。

巴德脱掉海下装备跟随着汤姆。机组人员都从潜水艇里出来，欢呼着。不到几分钟，汤姆·斯威夫特把强大的探照灯全部开启，把整个地方照得像白天一样明亮。

“欢迎来到黄金之城！”巴德大声喊道。

高柱林立的寺庙和昔日辉煌的建筑令人叹为观止，即便如今布满了甲壳动物和其他海洋生物。

汤姆感到敬畏。“想一下，巴德。”汤姆低声说，“我们可能是几千年来第一批踏足这座城市的人类！”

“我都起鸡皮疙瘩了！”巴德承认说。

两个男孩激动地踏上了一条古老的街道，周围都是烂泥和海洋植物，道路两边排列着一些庄严的柱子。

“我想知道那是什么。”巴德说。他指向一个宏伟的建筑，一些宽阔的石阶通向大街，“可能是市政厅？”

汤姆饶有兴趣地看着这个建筑物。“看起来以前可能是供电大楼。”他说。

两个男孩从主道上走下来近距离观察时，谁也没有注意到其中一个柱子开始摇晃。但是过了一会儿，汤姆凭借第六感回头看了一眼，顿时面露惊恐之色。

“小心，巴德！”汤姆尖叫着。

这个柱子直接朝他们倒过来！

第九章 危险的泄漏

汤姆迅速抓住巴德的手臂把他拉到了一边。柱子轰隆隆倒下去，差一点就砸到男孩子们。

“好险！”巴德努力稳住自己因为害怕而抖动的双腿，低声说道。

汤姆无力地笑着，表示同意说：“伙计，如果刚才柱子砸到我们，我们现在可能比煎饼还要平！”

一个声音传来，两个男孩转过头。“你们没事吧？”弗雷泽中尉大喊着向他们跑了过来。

汤姆和巴德点点头，还是有点喘不过气。

“心跳可能不太正常，但其他都好。”汤姆开玩笑说，“希望我们周围没有其他柱子或建筑物开始摇晃！”

因为黄金之城而入迷的布赖恩此时只能敬畏地摇着头。“汤姆，这些东西还竖立着，真是一件神奇的事情！”他说，“想象一下，一个沉没在海底数千年的城市！现在我们就在这里，在它的大街上！”

“这可能是历史上最伟大的考古发现之一了！”汤姆说。

“但它是哪里来的呢？我的意思是——这是什么时期的文明？”中尉问道。

“我们认为它可能就是遗失的亚特兰蒂斯。”汤姆回答，“但是我希望我们的探险队能找到一些线索来帮我们找到答案。”他继续解释了两个政府的海洋学家首次帮助他印证这座沉没之城的传奇故事。

这两个人发现了关于原始印加的碑文。它讲述了这些人如何从一个遥远的地方漂洋过海，那里被恐怖的地震和洪水吞噬了。

“碑文上的数据就指向这个地方。”汤姆说，“同时也接近一些像是人造金字塔的山峰。我已经在大西洋中脊找到了这个地方，但是需要很长时间才能拼凑出最准确的解释。”

两个男孩和红头发海军长官朝海洋猎犬走回去。他们的鞋在软泥里打着滑，发出吧唧吧唧的声音，软泥覆盖了古老的街道。巴德注意到汤姆似乎陷入了沉思。

“天才，你那超速运转的脑子在想什么？”巴德笑着问。

“一个科学难题，巴德。”年轻的科学家回答，“你有没有发现在海下这座城市，没有生物？当然虽然有很多海洋植被，但是没有任何形式的海洋生物。”

“是这样。”布瑞恩·弗雷泽同意他的话，“不会是你那斥力装置的斥力波把鱼和其他海洋生物都赶走了吧？”

汤姆摇头说：“这个机器被调成只用来推走海水，对鱼和人都没有影响。”

“那是为什么呢，教授？”巴德调侃道。

汤姆耸耸肩道：“我只能猜测一下。可能是因为黄金之城里有危害动物的有毒物质。”

“就是说对我们也有害？”巴德问道。

“不一定。放松，伙计！”汤姆笑着拍了拍他朋友的胳膊，“也很可能是因为这些建筑物会释放出低强度的辐射。”

“哪种辐射？”布赖恩问道。

“是一种肉眼看不见的形式。”汤姆回答说，“在阳光下对我们无害，但是可能对海洋动物有害。”

“有趣的理论。”布赖恩说，“你能够证实吗？”

汤姆思考了一下这个问题。“让我们尝试把灯都关掉。”他提议，“如果真的有辐射，那么就会发出微弱的荧光。”

巴德把消息传给其他机组人员。

汤姆走到控制探照灯的太阳能电池转换箱旁关闭开关，海底立刻一片漆黑。

“我没有看到闪光。”弗雷泽中尉说。

汤姆叹了口气说：“我们可以排除这种理论了，我想。”

这时候乔大叫一声：“嘿，是什么鬼东西溅到了我身上？”

汤姆立刻扳动开关，黄金之城再次灯火通明。机组人员都开始大叫，因为他们看到海水涌入到了泡沫里！

“我用潜望镜看到我们的泡沫泄露了！”乔咒骂着。草原厨师身上已经湿了一半，正吐着嘴里的水。

这个空气空间很快就会涌入洪水，结果对里面的人来说将是灾难性的！

“全部回到船上！”汤姆大喊道。

他冲向斥力装置。令他惊讶的是，居然没有人在控制机器！

汤姆迅速查看控制仪表盘。挑选器的指针已经偏离高峰值两个点了。

汤姆精干有力的双手迅速放到控制板上，调节各种按钮。指针渐渐回到了正确的位置。

“天啊！泄漏停止了！”乔大喊道。

汤姆放松地擦着额头的时候，后面传来说话声。是马克·艾弗里，他是负责观察斥力装置的技师。

“机长，是我的错。”他羞愧地承认，“指针本来很平稳的，所以我想到外面看一会儿应该也没关系。但是，我错了！”

汤姆理解地点头道：“好了，马克，但是不要让这样的事情再次发生。”

尽管年轻人表现很镇定，但是对于此次短暂的危机事件还是感到很郁闷。

如果斥力装置再次出现事故，把机组人员都困在里面出不来怎么办？人会被海底2千米的水压得粉碎！——想到这个恐怖的画面，汤姆打了个寒战。

为了讨论这个问题，汤姆和两架潜艇的船长以及弗雷泽中尉召开会议。

“为什么不安排两个人看着斥力装置？”梅尔·弗拉格勒提议道，“那样的话，如果一个人不认真，另外一个还可以管理控制板。”

“当然，这样会更安全一些。”汤姆表示赞同，“但是如果机器自己出故障呢？我们会有时间修理吗？”

“那让你的人一直把潜水钻机放在手边怎么样？”布瑞恩·弗雷泽提议。

汤姆指出没有足够的胖人装备发给每一个人，而潜艇上其他海下服装又抵挡不住这样的深度和水压。

最后，汤姆决定用无线电联系肖普顿，让他们用直升机潜水艇送一台斥力装置过来。

如果全程有另一台机器备用，那么危险就可以排除了。

“我到水面上的时候，让你们的人都待在船附近。”汤姆对梅尔和金姆比说。

“好的，机长！”两人答应道。

汤姆和巴德、布瑞恩·弗雷泽，还有机组人员一起登上海洋猎犬之后，向水面开去。行进到300米深度的时候，传来声呐兵的大喊："潜水艇在靠近，机长！250度方位！"

汤姆以迅雷不及掩耳之势开启阀门，向前猛推方向盘。海洋猎犬迅速下降。

因为有托马塞特的掩护免于被发现，斯威夫特潜艇悬浮在一定的深度直到声呐显示神秘潜水艇已经开走了。

"快跟着它！"巴德急切地说，"如果是C国潜水艇的话，我们可能会知道他们有什么目的！"

汤姆警惕地摇摇头说："不值得冒险。巴德，现在更重要的是不暴露自己。"

浮到水面后，汤姆打开无线电，开启自动扰频器。有这个设备运行，假如敌人监测他们的信号，也只能听见混淆的静电声。

几秒钟后，汤姆收到企业集团回应。迪林把电话转接给斯威夫特先生。

汤姆解释了情况之后，他的父亲答应立刻派发另一架斥力装置。

"对了，儿子。"科学家严肃地说，"我刚从国务院得到消息。"

"坏消息吗，爸爸？"汤姆问道，他察觉到父亲话语中的犹豫。

"我担心可能是这样。根据我们的情报特工的消息，一批

C国的科学家正在与身份不明的外国人秘密合作。”

斯威夫特先生犹豫了一会儿，接着说：“他们的目的现在还不清楚，汤姆，但是好像与沉没的城市有关！”

第十章 毒 气

汤姆的眼睛里露出警觉。“爸爸，这就解释了为什么有一艘潜水艇跟踪金姆比！我想我们恰巧再次发现了它！”他把路过海洋猎犬的那艘潜艇的情况告诉了父亲。

“我会通知情报局，等斥力装置准备好就随时给你消息。”斯威夫特先生答应说。挂断电话后，汤姆加大油门启动涡轮，海洋猎犬潜入水下。他们直奔海底去的时候，汤姆把情报告诉了巴德和弗雷泽中尉。

“我打赌那些可恶的外国人包括长脖子埃贝斯。”巴德鄙夷地说。

“没人跟你赌，巴德。”汤姆狡黠地笑了，“我已经确定埃贝斯和贾德森是被C国敌人雇用的了。”

“如果你是对的，汤姆，”布赖恩沉吟道，“那C国的行动不会仅限于搞破坏和间谍活动。”年轻的海军表情很严肃地说。

“你是说他们甚至可能攻击我们在黄金之城的装备？”巴

德瞪大眼睛问。

“C国的海军很可能会过来。”布赖恩指出。

“你说的很可能是对的。”汤姆承认道，“我们最好时刻保持高度警惕。”

他们在漆黑的海水里不断地下降，黄金之城的光芒映入眼帘。他们不在的这段时间，工作区已经立起一个坚硬的闪着光的塑料空气室。汤姆把海洋猎犬停在这个空气室和泡沫的外缘之间。他们从拉链扣襟翼进入到空气室里。

“看起来我们不在的时候你们很忙呀。”汤姆笑着祝贺梅尔·弗拉格勒和金姆比·考克斯。

“我们把净化设备也安装到空调上了。”金姆比说。

“干得好！”汤姆鼓励地拍了每个人的后背，“那我们开始清理这些金子建筑物吧。”

分离机从弗拉格勒的潜艇上取下来，迅速组装好。机器投入使用之前，汤姆进入船舱对设备进行了最后的检查。

“嘿，头儿！”汤姆抬起头看见乔光秃秃的脑袋探进船舱，“我可以上去看看机器是怎么工作的吗？”

“当然，如果您能挤进来的话，老前辈！”汤姆说道。

满面红光的乔拖着笨重的身体爬上了操作平台。他瞪大眼睛，羡慕地看着汤姆的手指在控制台上来回移动，调整不同的按钮。

“真是厉害呀，头儿。”乔低声说，“你操作这个平台看起来像是在演奏管风琴！”

汤姆笑了，没说话。但是其他旁观者接起这个厨师的话茬开始和他开玩笑。

厨师的脸红了，巴德接着唱起了跑调版的《月光下的管风琴》。

布赖恩笑了，说：“汤姆，我想你的发明现在有了正式的绰号。”

汤姆笑着说：“很适合我，布赖恩。只要我尝试的时候，它能奏出美妙的音乐就行！”

检查完毕之后，汤姆启动电动机。机器在履带上向前滚动，直到汤姆将其停下来，面对着一组雕像。他们排成一队站在一个宏伟的有门廊的建筑物面前。

“想象一下这些雕像除掉外层污垢后是什么样子。”汤姆说道。

开启红外设备，他移动一个杠杆，启动了定位真空生产机。他把气口对准最近的雕像，然后迅速除掉外层黏滑的东西。

“好像一个在运转的巨大剃刀。”巴德评价说。

汤姆笑了。他用手指操作结构元件控制板，把有机垃圾的分子转变成容易贮存的复合物。

旁观者们惊讶地看到沾满黏物的雕像渐渐地变成了闪闪发光的金子动物神像。猫身人面鹰鼻，还有一对翅膀儿紧闭着。

汤姆继续操作，其他雕像也变成了俯卧的狮子或者是类人的美洲虎，还有一个像缠在女神身上的巨蛇。

“它们是纯金的！”弗雷泽喘着气说。

“很可能是其他材料外面镀了一层金子。”汤姆从船舱里出来近距离检查了雕像后谨慎地说。

“什么样的人会制作这些东西呢，机长？”辛普森医生充满了好奇心问道。

“他们像我们在尤卡坦看到的玛雅雕像，是吧？”巴德说道。

汤姆若有所思地点点头道：“他们的外形相似。但是他们的面部更像是东方元素和肖普顿博物馆展示的南海雕像的融合。”

汤姆继续清理，使建筑物前面的墙体露了出来。宏伟的轮廓闪着金光，引发了机组人员的赞赏。

“这以前一定是一座寺庙。”医生说。

“可能是。”汤姆同意，“但是这个建筑和我之前看到的都不一样。”

汤姆决定再回去看一下斥力装置，于是把机器交给巴德，自己迅速赶回去查看。

“有问题吗？”他问看守的两个人。

他们摇头。“它像手表一样在嘀嗒响。”其中一个人回答。

汤姆看了一眼按钮，又回头看了一眼之前完成的工作。令他惊讶的是，现场人员表现得很奇怪。他们行动缓慢，而且抓着自己的喉咙。

“我的天呀！”汤姆喘着气说，“怎么了？”

他向人群跑去，很快他闻到一股花一样的香味。

“花？”汤姆很疑惑地停下来，想要确认这种香味是哪里来的。

他想到了答案，然而这时候他的脸变得惨白。是氰气！这种致命的气体可以在几分钟内毒死黄金之城的所有人。

“巴德！”汤姆大喊，“关掉机器！”

他飞一样地冲向空气机和净化设备，然后提高了两个机器的运行速度。他们的潜艇发出巨大的响声。紧接着，汤姆绕寺庙跑了一圈，把所有人都安置到安全的位置。

“所有人回到潜艇里！”汤姆大喊。

他们上了船之后，汤姆立刻发出命令让三艘潜水艇上的所有人员集合。梅尔·弗拉格勒报告说他们船上全员都在。但是二号潜水艇上的老船员说金姆比·考克斯不见了。

“金姆比在海洋猎犬。”汤姆用无线电回复，“在我确保一切妥当之前，你先负责，迈克。”

这时候辛普森医生回来汇报伤者的情况。“他们没事。”他告诉汤姆，“金姆比和弗雷泽状况不好，不过我给他们输了氧气和兴奋剂。他们很快就能站起来了。”

汤姆因为着急和用力，出了很多汗。他用胳膊擦着额头。“喔！”他感激地低声说道，“刚才真的很险，医生！”

医生问道：“汤姆，那个有毒的氰气是从哪里来的？”

“我现在还不确定。”汤姆说，“但是我猜是由机器的工作而形成的。”

空气净化之后，汤姆检查了设备。他的怀疑似乎得到了证实。

“结构元件机器释放碳和氮过快。”汤姆解释给巴德听，“它们合成了氰气。”

“有解决办法吗？”巴德问道。

汤姆耸耸肩，把手伸进头发里，担忧地皱着眉头说：“伙计，暂时还没有。但是我最好尽快找到办法，要不然我们的整个计划就泡汤了！”

汤姆回到海洋猎犬，一连工作几个小时寻求解决方案，甚至都没有歇一下去吃晚饭。半夜的时候，巴德和辛普森医生发现他趴在狭小实验室的桌子上睡着了。

“可怜的家伙！他是因为疲惫累晕了。”医生说。

“快！我们把他扶到床上吧。”巴德说。

第二天早上汤姆在床上醒来，想出了问题的答案。“我会简单地改变贮存系统，这样有机废物里的氢和氮就能合成汽油。”他自言自语道，“碳可以和氧气形成二氧化碳然后排到海洋里！”

汤姆因为这个简单的方法欣喜不已，从他的小床上跳起来穿衣服。

“嗨，医生！”过了一会儿医生走进他的房间的时候，他笑着说，“我猜我昨晚应该睡过去了。但是我现在感觉很好。”

“那就好。你要好起来，才能做好准备听我带来的消息。”辛普森医生说道，“装有斥力装置的潜水艇刚刚已经到达。我们在船上发现一个神秘的偷乘者！”

第十一章　偷乘的囚犯

“偷乘者？”汤姆惊愕道。

这个消息让汤姆感到吃惊。他惊恐地瞪着辛普森医生。汤姆想问很多问题，但是他意识到自己去找答案会更简单。

“我会跟他谈！”年轻的发明家冲出房间的时候，回过头说。

医生跟着他一起跑向刚刚到达就停在附近的潜水艇。汤姆从气闸室进入，然后爬下梯子。在货舱里，他发现了巴德和另一个机组人员正抓住囚犯。

“我们发现这个人藏在这下面！”巴德生气地说。

长脖子埃贝斯！

汤姆表情严肃，眼神犀利地瞪着这个偷乘者说：“好了，埃贝斯，说吧！”

埃贝斯的表情很郁闷，好长一会儿，他都保持沉默。他不安的视线避开了汤姆的怒视。终于他说话了。

“对我凶也没用的，斯威夫特。”他抱怨说，“我知道我在这没什么事情，但是我们能做一个交易吗？你看——你们把我放了，我会说出很多东西的。我会说出很多你们想知道的事情。怎么样？”

“和你这样的人做交易？”年轻发明家的蓝眼睛里闪着怒火，“我们现在在海底，埃贝斯，你是我们的囚犯。我们不想讨价还价！”

埃贝斯脸色惨白。他挨个人看，希望能够找到一个可怜他的人。但是没有找到。

“你——你是什么意思，斯威夫特？”囚犯最终开始动摇了，“听着！你们要是硬来的话也没有好下场！”

汤姆说：“你和贾德森在袭击海军军官的时候有想到这一点吗？”

埃贝斯此时像一片落叶一样在发抖。“你们休想吓唬我！”他尖叫道，“你们不敢伤害我的！我有我的权利……”

当看到布赖恩和其他几个高大的机组人员靠近的时候，他嗓子哑了，说不出话。他们正凶恶地握着拳头。

埃贝斯突然腿软了。他瘫坐到一堆货物上，擦着额头。

“好。”他噘着嘴说，“我说。你们想知道什么？”

“一切。”汤姆严肃地说，“你可以先告诉我们你是怎么上来的。”

埃贝斯犹豫了一下。“我，嗯——我在一个长得和我相像的工作人员去企业集团的路上堵住了他，拿了他的手链，所以轻松地就进去了。然后我等待时机把自己关在货仓，从而被运到这里。”他懊悔地说，“我本应该一直待在里面的。这样你们就抓不到我了。”

汤姆生气地皱着眉头说：“你袭击的是谁？”

“山姆·格林。哦，我没有伤害他。”埃贝斯说道。

“我们会核实的。如果他不能状态很好地汇报被你袭击的事情，你也要遭殃。”汤姆驳斥他，然后问，“‘长脖子’，是谁雇用了你和贾德森？”

“是一伙外国人。”埃贝斯承认说，“至少我猜他们是外国人。他们的特工和我们联系。他实际上是唯一一个跟我们联系的人。”

“他给你们什么指示？”汤姆问道。

埃贝斯紧张得脸都红了。“贾德森以前是飞机修理工，后来做了记账工作。”偷乘者解释道，“乔伊对机修很在行，所以他是负责搞破坏的。我们的任务就是阻止你们到海下来。”

汤姆狠狠地瞪着这个囚犯说：“你的同伙们计划并没有成功。我们发现了他们的尸体！”

汤姆希望吓唬埃贝斯让他说出关于沉没的庞然大物的线索。然而，埃贝斯被吓得说不出话了！他害怕地喘着气，瘦瘦的脖子上的肌肉抽动着。

“听着！我跟海底下那个骨头堆没有任何关系！”他说，

“求求你们！送我回去吧！把我送到调查局那里也没关系！”

巴德向汤姆眨了一下眼睛，似乎在说：“会送去的！”

汤姆继续说：“‘长脖子’，你就待在这里。如果你不干活儿或者不遵守命令，就没有饭吃。明白吗？”

汤姆说完停了一会儿，接着说：“那个外国特工叫什么名字？”

“我不知道他的真名。”“长脖子”回答，“只知道他的外号——迪考。”

“或许我们可以帮你慢慢回忆！”弗雷泽中尉怒吼道。

红头发的海军军官站在他头顶说话的时候，埃贝斯缩了回去。“是事实！”“长脖子”抱怨道，“我甚至都不知这个人在哪。我们第一次见面是在一个海边的车道。在那之后，每次见面都是在不同的地方。他会提前打电话告诉我在哪里见面。”

“他长什么样？”巴德插话问道。

“好吧……让我想想。”他集中注意力，摩擦着出汗的手掌，好像在尽力回想迪考的长相，“他个子矮胖，肥下巴、尖脑袋。”

“头发什么颜色？”巴德问道。

“黑色。剪得很短。他戴着角质架眼镜，总是穿着黑色的衣服。”

巴德警觉地看了汤姆一眼。“长脖子”是在误导他们吗？汤姆决定确认一下。

“等一下！”汤姆打了个响指，大声喊道，“我认识迪考！但是跟你描述的长相不一样，长脖子！他是金头发，而且很高。他喜欢穿颜色鲜艳的衣服！”

“长脖子”看起来很迷惑。他坚持说：“不是我说的这个人。他真的是黑头发，真的很矮！”

汤姆仔细地观察着埃贝斯的表情，确定他是在讲真话。

“好吧，或许你说的是对的。”汤姆说，“我想我认识的是另一个迪考。”

汤姆这时候叫进来两个机组人员斯特朗和埃勒，安排他们时刻看住这个囚犯。

“我们让他待在哪里，机长？”斯特朗问道，“在船舱吗？”

汤姆摇头道：“不，让他干活儿。让他跟正常的工作人员一起。不过要时刻盯住他！”

斯特朗和埃勒笑着敬礼说：“收到！”

汤姆命令梅尔·弗拉格勒浮出水面，把偷乘者的事情全部汇报给迪林。汤姆大吃一顿乔做的热饼早餐之后，又投入到清理黄金之城的工作当中。

机器依然很好地工作着。它弄掉黏物和泥土的时候，并没有移除任何金子。这时候，巴德拍了汤姆的肩膀说道：“天才男孩，这是我见过的最棒的精密仪器之一。”

汤姆笑着说："目前机器工作得还好，但是太慢了。伙计。别忘了，我答应我父亲帮他找到稀有金属。我必须加快工作速度。我去想想，这里由你接管。"

年轻的发明家站在那里想了将近十分钟，然后回到海洋猎犬实验室，花了几个小时研究一个核加速器。满意的汤姆和其他人员把它安装到分离机上。清理的速度翻了一倍！建筑物和雕像开始显露原来的模样。当天中午的时候，整个黄金之城都恢复了往日辉煌的模样。

"天啊。这就像是生活在诺克斯城堡里！"巴德吃午饭的时候开玩笑说。

"我们发现这么多的宝藏呀！"乔大喊道，"我们一定要在离开这里之前把所有的金子雕像和柱子都数一遍！"这位前草原厨师在乱糟糟的机舱里忙来忙去，端出几碗冒着热气的辣椒。

突然，弗雷泽大叫一声。他从堆满盘子的桌子旁边跳起来。

"我浑身发烫！"军官喊道。

当其他人惊恐地看着他的时候，布赖恩脱掉了衬衫开始狂乱地挠着。他的脸、手臂和脖子上都是红的。汤姆和其他人冲过来帮他。

"我的天呀，布赖恩！"汤姆大喊道，"怎么了？"

"我……我……不知道！"弗雷泽喘着气说。

疹子迅速蔓延到他的胸部。他的眼球凸出。军官痛苦地扭动着。

汤姆大喊："快，巴德！发无线电找辛普森医生！他在二号潜水艇。让他赶快跑过来！"

第十二章 致命的真菌

医生拿着急救箱马上就赶来了。他检查布赖恩·弗雷泽身上的鲜红色的斑点时，表情非常严肃。他拿出一瓶抗组胺药，取出三粒。

“快！服下这三粒药！”医生说道。

布赖恩吃力地吞下药。他尽力控制自己，但是刺痛的红疹让他时不时发出惨叫声。

“放松！这药应该会管用！”医生沉声说。他迅速摇晃着一瓶奶油颜色的药膏，从急救箱里拿出一团棉花。

他把棉花浸湿，把药膏涂在发炎的部位。布赖恩发着抖，喘着粗气，他尽力保持不动以配合治疗。

“有效果了吗？”一个名字叫鲍勃·杰弗的机组人员问道。他和同伴从乱糟糟的桌子那里过来焦急地看着。

很快答案就可怕地呈现在大家眼前。

又出现了新的红疹。更糟糕的是，布赖恩现在呼吸困难。

“我的天呀！可怜的布赖恩要窒息了！”乔大喊道。

医生抓住布赖恩的手腕，感觉他的脉搏正在逐渐变慢。

“快！抓住他的胳膊！”医生告诉汤姆。汤姆照做，医生在布赖恩的一块皮肤上涂了酒精，在皮下扎了一针。“这是兴奋剂。”他简单地解释道。

注射似乎给了布赖恩新的力量。他的呼吸放缓了一些，脉搏也更强。医生暂时离开了房间，汤姆紧随其后。

“知道是什么原因造成的吗？”年轻的发明家害怕地问。

辛普森医生摇摇头，他的脸上满是担忧。“汤姆，我从来没有见过或者听过这种东西。”他坦白说，“我希望能够在皮肤病参考书上找到一些线索。”

年轻的医生在柜子里翻出一本很厚的书。他正翻看的时候，旁边的房间里传来疼痛的大喊声。

“是巴德！”汤姆大喊道，脸色变白。

辛普森医生扔下书跟着汤姆冲了出去。他们的恐惧地看着巴德，他的脸和脖子上都是红色的斑点。

“快！做些什么，医生！”巴德喘着粗气，“我要着火了！”

“放松，伙计！”汤姆央求道，“抓挠只让病情会更严重！”

医生赶紧给巴德吃了抗组胺药，涂了药膏。他刚涂到一半，乔和其他两个机组人员身上也长出灼热的红疹。

“好厉害的蛇！”厨师结结巴巴地说，“这东西比辣椒还厉害！”

看到这么恐怖的症状，旁观者都害怕起来。汤姆没等机组人员说出自己的担忧就让他们行动起来。

“快！帮我一把。伙伴们！”他说，“医生需要你们帮忙治疗这些人！”

机组人员很愿意帮忙。脱掉伤者的衣服，他们开始帮着涂抹药膏。同时，医生麻利地给伤者喂服抗组胺药并采取皮下注射。

“会不会是食物中毒？”汤姆问道，他正在给一个伤员的胳膊消毒。

医生摇了摇头说：“不可能。但可能是因为对空气中的什么东西过敏。我正在用抗组胺药给他们治疗。”

幸好，布赖恩的状况没有变糟。尽管红疹还是疼痒，但是已经停止扩散了。

但是新的问题又来了。医生给伤员们注射药品之后，金姆比·考克斯跑上船来。看到满身红斑的伤员，他郁闷地停下脚步。

“我的天呐！他们也起了疹子！”金姆比叫道。

“还有其他人也长了？”汤姆问道。

金姆比上气不接下气地点头说：“我船上两个值班的，梅尔的人里面有一个。”

“快把他们带过来！”汤姆命令道，“医生会一起治疗的！”

乱糟糟的房间被迅速清理干净，变成了一个临时的医务室。汤姆此时近乎绝望，但是他的大脑还在冷静地思考。他在考虑医生说的可能是因为空气中某种刺激物导致的过敏。

然而汤姆有了另一个想法。他回想起他注意到从来没有动物到黄金之城来吃海洋植被。是因为同样的原因吗?

“答案或许就在建筑物里生长的海洋植被里！”汤姆推理道，“几乎每个人都摸过建筑物，或许我们中的一些人对这种东西更过敏！”

他把自己的猜想告诉了辛普森医生。“你觉得这种疹子会不会是由长在这里的某种真菌造成的？”汤姆问道，“这个猜想能解释这种症状吗？”

医生停下手上的工作。“可能是。”他表示同意，皱着眉头思考着，“红疹有真菌的特征，比如足癣。你知道有多疼的。”

他沮丧地接着说：“即便你是对的，汤姆，也没什么帮助。我尝试的这些药似乎都不管用。”

汤姆抓住医生的胳膊。“让我们尝试其他方法，医生。”他低声说，“我有一个疯狂的想法，但很可能有效。把布赖恩带出来，我先治疗他！”

医生看着年轻的发明家出去。几分钟后他向机舱外看了一眼，脸上的表情由惊讶变为迷惑。

光谱海洋挑选器正从履带上滚向海洋猎犬！汤姆在驾驶室向他招手。

“我的天！他要干什么？”金姆比低声说道。他和别人一样感到迷惑。

“不知道。”医生说，“但是不管做什么，汤姆总有很好的理由。帮我一起把布赖恩弄出去！”

医生和金姆比一起扶着伤势最严重的军官通过气闸室来到外面。

“这可能有风险。”汤姆提醒布赖恩，“但是如果真的是真菌引起的红疹，我相信这台机器会将其消除。你敢尝试吗？”

“我会，我会尝试任何方法！”弗雷泽喘着气说。

汤姆没再说话，直接把气口对准弗雷泽的胸部。汤姆开启低档开始操作控制板，机器发出微弱的嗡嗡声。

“起作用了！”几分钟后金姆比大喊。医生的脸上也现出开心的笑容。

丑陋的红斑从布赖恩的皮肤上消失了！几分钟之内危险的真菌被完全消除了！

医生打了个手势，汤姆关闭电源从驾驶室里跳了出来。“感觉怎么样，布赖恩？”他问道。

海军军官放松地发着呆说：“简直就是奇迹！汤姆，疼痛感消失了！”

汤姆和金姆比急切地看着医生给病人检查。机组其他成员从海洋猎犬的窗户向外面看。

布赖恩受到真菌感染的部位现在只留下淡红色的印记。医生直起身体，激动地握着汤姆的手。

“机长，你成功了！”他汇报说，“史上药效最快的解药！你的那台机器创造了医学历史！”

机组人员都欢呼起来。

汤姆笑了，但没有浪费时间接受他们的祝贺。巴德、乔，还有其他伤员急需救治。

他们一个接一个地来到分离机下面。他们身上的疼痛感都奇迹般消失了。

“我的天呀，头儿！”乔放松地抖着，欢呼道，“你是这世界上最棒的解药！”

汤姆笑了，尝试掩饰自己的情绪，说：“我总得做点什么，乔。如果没有你这个世界上最优秀的厨师，我们的整个探险活动肯定就毁了！”

“别忘了还有天才身边这个最好的副驾驶员！”巴德抓着同伴的手开玩笑说，“我特别同意乔的说法，汤姆！”

辛普森医生为了加一重保障，给伤员的身上涂了清凉油。两个小时之后，一切都正常了。

汤姆命令所有在黄金之城工作的人们都带上特殊的药膏和手套。之后，当他在自己狭小的实验室里研究光谱潜水艇的时候，巴德和布赖恩进来了。

“在干什么，斯威夫特博士？”巴德问道，“又在思考什么医学奇迹吗？”

汤姆笑了，然后变得很严肃，说：“我刚刚在分析长在金色建筑物表面的真菌。”

“能确定是什么吗？”布瑞恩·弗雷泽问道。

汤姆摇头，说：“目前还不知道。陆地上没有。但是，我发现了一件有趣的事——它含有钍。”

“钍！”巴德惊讶地说道，“嘿，那种物质具有放射性，对吗？”

“当然。”汤姆皱着眉头，摸着下巴，在思考着什么。“当然我们现在处理少量的有机复合物，而且这种复合物非常罕见，因为钍通常不会进入活体细胞里。那或许就是深海动物避开黄金之城的原因。”

乔踏进实验室，他们的谈话终止了。一向开心的厨师看起来不高兴。

“前辈，出什么事了吗？”汤姆问道。

“嗯，是那个讨厌的长脖子埃贝斯。”乔抱怨说。

“他想干什么？”巴德问道。

“没什么！就是很讨厌！”乔回答，“他一点活儿都不做，吃的倒很多。而且还经常偷听，比骡子耳朵还长。”

汤姆皱皱眉头，说：“他的确是个问题，乔，但是如果把他送回去的话，他很可能把黄金之城的消息透露出去。我不想冒这个险。”

乔郁闷地摇摇头，说：“好吧，或许是这样。但是那个蠢货‘长脖子’会制造麻烦的，头儿！”

第十三章 黑色的爆炸

巴德和布赖恩看起来很担忧。

“乔说的可能是对的，汤姆。”巴德说道，“我不相信那个狡猾的埃贝斯。让他在身边就像放了一颗定时炸弹，随时可能在我们面前爆炸。”

弗雷泽同意：“还有一件事。如果你把埃贝斯留在这里，他的C国同伙会不会来找他？”

汤姆思考了一下这个令人为难的困境。“你可能是对的。”他说，“尽管我还不知道他们是不是在焦急地寻找‘长脖子’。老样子，我和我爸爸确认一下。我会让他把事情告诉调查局。”

年轻的发明家接着说他认为A国政府应该宣称对黄金之城的所有权，然后采取措施防止破坏。斯威夫特先生可以向国务院和国防部提出这个建议。

“但是首先，”汤姆说，“我最好先检查一下整个区域，看看它到底有多大。这样就为政府宣称所有权奠定基础。”

第二天早上，海洋猎犬的船组人员在潜艇上驻扎。汤姆用一个杠杆，将履带延伸出去，使海洋直升机冲出了泡沫。

他发动涡轮控制潜艇的发动机，豪华的潜艇像一条飞鱼一样起飞了，在泡沫空气室上空盘旋，在漆黑的海水里滑翔。

“打开探照灯，巴德。”汤姆指示。

不一会儿，黄色的光束在黑暗中切出一条明亮的斜线。亚特兰大中脊崎岖的山峰在光束的两边显现出来。

“巴德说在这附近有一个宗教祭祀场地。”布赖恩说道。

“对。”汤姆说，“我就是前往那个地点。我们要去看之前对你们说过的金字塔。”

黄金之城建在峡谷中间，四周被岩石包围。这些墙壁在城市的外围组成了一个巨大的山谷。

海洋猎犬滑行的时候照亮了谷底。谷底随处有碎石，还长满了海草和其他海洋植被。

“是谁住在这里呢？”布赖恩沉吟道。

“这些很可能是农民的房子。”汤姆推理说，“事实上，这整个地方过去可能是一个长满植被的山谷，而且还有成群的家畜和开垦的土地。”

黄金之城，他猜想，毫无疑问是遗失的古老王国的首都。

“想一下。”汤姆继续说，“几千年前一个未知的民族在这里定居。他们发展了足够的艺术和建筑技能来建造辉煌的金殿和寺庙。他们也有善于耕种的农民，来为人们提供食物。然后突然有一天，灾难来袭——洪水淹没了一个世纪的努力。整个陆地也沉到了海底！”

巴德和布赖恩看着眼前贫瘠的土地，惊讶于汤姆描绘出的景象。

“希望这样的灾难不会降临到我们现在的国家头上。”布赖恩低语。

“我确定不会。”汤姆肯定地说，“我爸爸和我都认为人类可以通过科学发现创造美好的未来。”

随着山谷变成开阔的平原，海洋猎犬来回地徘徊，寻找人类居住的迹象。汤姆锁定了一些点位，然后画出了这个地方的草图。

这时候面前大西洋中脊的另一个山峰耸起。这些奇怪的山峰映入眼帘。

“金字塔就在这里。”汤姆说道。

“太棒了。”布赖恩开玩笑地说，“感觉像在海下看埃及！”

这些巨大的纪念碑仿佛直接由岩石刻成，在海底山峰的阴影里围成了一个圈。

汤姆灵敏地开着海洋猎犬进入到金字塔中间。这个圈的中间是一个平整的岩石板做成的祭坛。

“哦——哦！”巴德战栗着，“我在想他们以前是不是用这个来给神供奉祭品。”

“很有可能。”汤姆表示同意，“但不一定是人类祭品，所以别想得那么恶心了。伙计，我们回去吧。我想我们已经看完了全貌。”

汤姆放慢涡轮，启动控制轮。海洋猎犬迅速升起，在船上可以看到更广阔的鸟瞰图。平稳之后，汤姆开着潜艇又前往黄金之城。

巴德在想着什么：“还记得我们上次来这里的时候在一座金字塔上发现的雕刻吗？”

汤姆点头：“它们已经很模糊了，上面还有海草。但是我很想知道这些雕刻是什么意思！”

“我也想知道！”

汤姆沉默了一会儿，说：“你知道，巴德，奇怪的是我们没有发现黄金之城的其他雕刻。几乎每一种文明都会在建筑物上留下一些雕刻。”

巴德充满好奇：“哇！你的意思是金字塔上的雕刻是别人弄的？”

“猜测而已。”汤姆笑着说，“你可能跟我想的一样。这些雕刻看起来有点像太空符号！”

“太空符号？”弗雷泽中尉很迷惑，“什么意思？”

汤姆讲述了几个月前一个奇怪的黑色导弹冲向了斯威夫特企业集团。导弹上有奇怪的数学符号。汤姆和父亲成功地破译了这些符号，很明显符号来自于其他星球上的生物。

之后，汤姆用同样的代码与这些生物联系。消息是通过强大的无线电连接器传过去的，被一种示波器接收，这些太空伙伴把内斯特丽亚卫星送入地球轨道，他们也为汤姆之后的探月旅行提供了帮助。

“但是在城市沉没之前，这些生物是怎么在金字塔上雕刻的呢？”布赖恩问道。

“我们知道他们在几百年前至少到过地球一次。”汤姆回答，“我们在F国发现了他们刻在废墟上的符号，讲述了他们的宇宙飞船是怎么坠落的。他们很可能之前来这里的时候在黄金之城的金字塔上留下了记号。”

汤姆还说他希望以后能把自己的电子回溯镜带到黄金之城，从而让雕刻显现得更清楚。

检查了黄金之城的外围环境之后，汤姆驾着海洋猎犬浮到水面。他用无线电联系企业集团，开着扰频器，向父亲汇报了全部情况。

斯威夫特先生担心地听着，草草地记下汤姆的海底调查结果。

“我会把埃贝斯的案子汇报给调查局。”科学家许诺，“还有，说实话，汤姆，我同意现在是时候让A国正式宣称黄金之城的所有权。”

巴德和布赖恩看到海洋猎犬回到海底都很高兴。

“那样那些C国人就没办法了。”巴德大笑着说，“一旦A国的国旗飘扬在黄金之城的上面，他们就不敢展开高压攻势了！”

汤姆笑了，但是他还是很担忧。他们在海底黄金之城附近发现的神秘潜水艇背后到底有什么故事呢？还有如何处理乔关于长脖子埃贝斯潜在危险的警告？之前的事也证明了乔对人性有很准确的判断。

然而，乔似乎忘了自己提出过什么警告。当海洋猎犬接近黄金之城的时候，这位厨师高兴地笑着，推着午餐车来到驾驶室。

“尝尝我的电子炉灶做出来的美味牛排吧！”乔说道，“上好的牛肉！头儿，在你通过对讲机告诉了我们好消息之后，我想我们应该庆祝一下！”

“谢谢，乔！”汤姆闻着牛排和炸薯条散发出来的香味儿，“但是我们还是别高兴得太早。国旗还没有正式插在黄金之城上。”

“别担心，伙计。”巴德用叉子叉起一大块儿牛排说道，“我们有这么先进的设备，没人能阻挡我们！”

一组人吃着，没怎么说话。吃完饭，汤姆、巴德和乔进入了塑料空气室。他们早上巡视的时候，工作进展很快。刚刚清理的金子大楼闪闪发光。

“太美了！”乔由衷赞叹道。

三个人停下来观看一个机组人员清理空气室入口附近的一

个柱形大楼。弗雷泽在操作机器。梅尔把机器调转过来的时候，汤姆突然注意到有人没有把空气室的入口关上。

“嘿！”他朝机组人员大喊。“拉上那个——”

他的提醒已经太迟。机器入口直接对准了空气室的开口处！

吸入器卷入了大量海水，机器嗖的一下冲了过去。长相奇怪的鱼，还有海洋生物涌进了空气室！

砰！……砰！……砰！

它们在摆脱了深海压力之后迅速爆炸！一个巨大的八爪鱼向各个方向喷出黑色的液体！

“烟幕弹！”巴德喘着气说。

正在工作的机组人员陷入了极度慌乱！梅尔·弗雷泽在开着的驾驶室门口被喷了一脸的黑色液体。汤姆是唯一了解情况的人，他冲向机器，挤开眼睛看不见东西的弗雷泽，握住开关杆，关闭了机器。

“噢！怎么回事？”梅尔擦着眼睛，喘着粗气。

汤姆解释了一下，然后盯着空气室开口方向的城市区域。太乱了！街道不仅被海水淹没，而且到处都是死鱼和其他生物的碎片。最上面铺了一层八爪鱼的墨汁！

“完全看不见金子了！”乔郁闷地嘟哝着，“可恶！”

“没关系，前辈。”汤姆说道，“我们可以清理一下建筑物，然后再清理一下自己！”

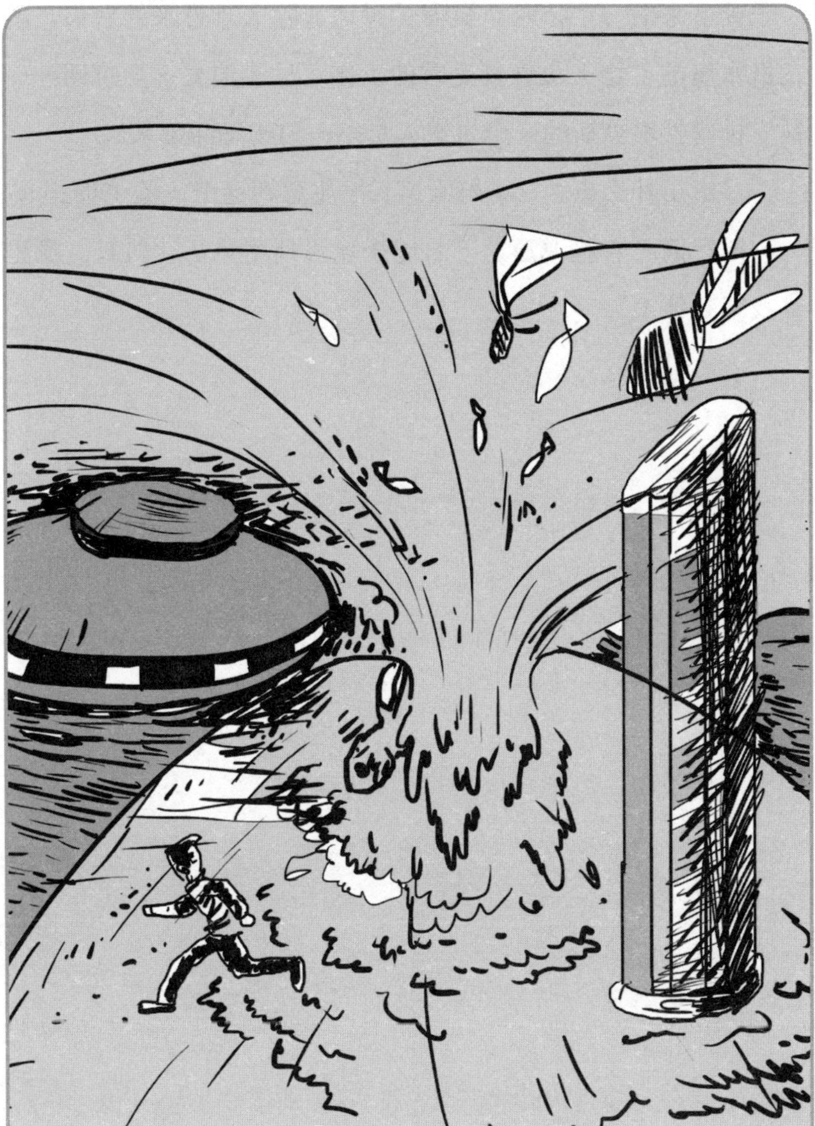

接下来的一个小时，机器忙碌地清除灾难带来的后果。就在潜水艇的工作人员恢复正常的工作之后，迪克·斯特朗——被安排看管埃贝斯的一个机组人员——向汤姆冲过来。

“出了什么事？”汤姆问道，他注意到这个人脸上的担心。

斯特朗红着脸说道：“长脖子埃贝斯不见了，机长。哪里都找不到他！”

第十四章 生锈的箱子

长脖子埃贝斯失踪的消息让汤姆和同伴感到十分担心。他不可能逃到空气泡沫外面，因为那样会被立马淹死。他一定藏在什么地方！

“他是怎么逃跑的，迪克？”汤姆紧张地问道。

看守的人解释说他和他的囚犯完成一处工作后一起往回走，突然意外发生了他脸上都是黑色的墨，看不见“长脖子”。

“等我把脸上的墨擦掉的时候。”斯特朗总结说，“他就不见了！”

“你已经到处找过了吗？”

“我在城市里没有找到他。”

汤姆因为这件事很郁闷，但是没有把时间浪费在指责上，说：“现在的主要任务是找出‘长脖子’是怎么逃跑的！”

汤姆脑子快速地转着。万一这个趁火打劫的埃贝斯向敌人的潜水艇发出信号来接他怎么办！

汤姆凭着直觉冲上了海洋猎犬。水下电话探测器都被安装在泡沫周围，并且连接在潜水艇的声呐望远镜上。汤姆询问值班的机组人员。

“望远镜上有什么发现吗？”

声呐兵摇摇头，说：“没有消息，机长。方圆几千米以内除了鱼，没有别的东西。”

迷惑的汤姆回到了空气室里。“我根据我的直觉检查了一下。”他对巴德和乔说道，“这说明他一定就在这附近！”

“其实就我个人而言。”乔怒吼着，“我希望那个恶棍出去自己淹死了！”

“等一下！”巴德的眼睛闪着光，他有了一个想法，“假设一下他偷偷上了船藏了起来，或许这个人会驾驶潜水艇——他正等待一个机会劫持我们的潜水艇然后逃跑！”

“有这个可能。”汤姆表示同意，“我们最好彻底搜查每一艘船！”

消息传给了梅尔·弗拉格勒、金姆比和最后一个到达的潜水艇的船长。四艘船上都开始了仔细的搜寻，包括海洋猎犬。机舱的每个位置都被搜了一遍，但是没有偷乘者的行迹。

“那‘长脖子’一定是藏在黄金之城里面。”听完其他船的汇报之后，汤姆总结说，“我们要一条街一条街地搜。”

汤姆、巴德和乔组成了一个搜寻队，布赖恩，梅尔和金姆比一人带领一队。四个小组分区负责搜寻整个空气室。

“如果这只臭猫有枪怎么办？”乔和其他两个男孩走下大街搜寻的时候，不安地低语。

“之前在货仓发现‘长脖子’，就第一时间给他缴械了。”巴德回答，“如果他身上还藏有另一支枪，估计等不到现在就用了。”

三人组仍然小心地寻找着。他们搜寻了一个又一个住宅和宫殿，登上古老的台阶，敲着每一个传出回声的空房间。他们感到很恐怖，海水长期的腐蚀早已使家具不见了踪影。

“这些大楼里会不会有鬼呀？”巴德笑着说。

汤姆狡黠地笑了：“如果有的话，他们肯定都灌满了水。”

乔大笑起来：“我可怜的幽灵般的小马呀，我真想见到一个！”

他们搜完了整条街，到达了空气室的另一边，但还是没有发现长脖子埃贝斯的踪影。他们在搜寻下一条街之前停了下来。

“找不到那个恶棍真是让我不舒服。”乔抱怨着。

“同感。”汤姆疲惫地说着，“希望其他人能够找到他。”

他皱着眉头，忽然看到一块巨大的石头——从峡谷里凸出来，就在空气室的外面。

这块石头有一个洞穴一样的开口，似乎以前用来作贮藏间或是谷仓。

“快看，伙计们。”汤姆鼓励他的同伴，“要不我们到那里去看看吧。”

汤姆的话还没说完，突然长脖子埃贝斯从洞里漫不经心地走了出来！

“那只老鼠在那儿！”巴德大声喊道。

“哇。”乔瞪着这瘦成剩皮包骨的人，“我猜他肯定听到你说话了，头儿，所以他想还是自己先出来吧！”

埃贝斯像往常一样假笑，说：“出什么事了吗，绅士们？你们看起来很不高兴。”

“你知道我们在到处找你吗？”汤姆生气地大声说，“下次要是再敢自己跑了，你会后悔的！或许你更喜欢被绑在船上！”

“或许教训你一下也不会有大碍的！”巴德怒吼道。

“长脖子”赶紧收起假笑。“没必要伤和气。”他赶紧说，“我只是想四处走走，看能不能找到什么宝物，实际上，我发现了有趣的东西。”

汤姆瞪着他，说：“比如什么？”

“现在，你们认为自己是最早到达沉没之城的人，斯威夫特。”“长脖子”回答道，“但是我可以证明你们是错的。”

“哦？是吗？”巴德反驳他，“那就证明给我们看！”

长脖子笑了笑，用大拇指指向了洞口：“你自己进去看吧。那里面有一个箱子——或许有点生锈，但时间并不久远。而且箱子很沉，能装足够多的财宝。我都提不起来！”

“你怎么知道并不古老？”巴德逼问。

长脖子笑了，显然很享受他的话带来的效果：“因为箱子上没有真菌。所以想想吧。一定是有人在不久之前来过这里。”

“例如深海海盗？”汤姆话里有话地问道，“所以你终于要告诉我们关于那些骷髅的真相了。”

他不说话，希望埃贝斯能说出他掌握的信息。

但是嫌疑人耸耸肩，面无表情地看着发明家,说：“我说过我不知道关于骷髅的任何事情。”

汤姆不想再浪费时间，直截了当地说：“我们去看一看那个箱子。”

汤姆掏出兜里的手电筒，带领着他们进入洞里。石头堆砌的洞穴潮湿阴冷，散落着碎石和海洋植物。汤姆的手电筒照到了一个金属箱子，上面完全没有真菌。

“真是太棒了！”乔低声说。

汤姆什么都没说，试探了一下箱子。箱子很小但是很重。他把箱子拖出洞外，放置在空气室里白昼一样的光亮中。他打开箱子的铁扣，从兜里掏出一个工具，把箱子盖撬开。

箱子里是黄金之城宝藏的样品金子雕像的碎片！还有一张

纸，上面是人的笔迹。

“上面写了什么，头儿？”乔焦急地问道。

汤姆皱着眉头看了一遍字条。这是用一种外国语言写的。“我恐怕翻译不了，乔。”汤姆咕哝着。

他的声音听起来十分郁闷和沮丧。巴德和乔都看着他。他也表情严肃地看着他们。

“天呀，机长！该不是臭老鼠说有人在我们之前到达了黄金之城是真的吧？”

汤姆不开心地耸了耸肩，说：“可能是的。这张纸的内容可能是一个外国的探索者正式对黄金之城宣称所有权。如果是真的，那我们的探险就太迟了。”

巴德和乔郁闷地看着年轻的领导者。他们三个人心里都有这个想法：会不会是被洪水淹没的潜水艇里的某一个人写的呢？

汤姆一想到船员和自己付出了这么多努力，最终A国却不能宣称所有权，就特别失望。

长脖子埃贝斯幸灾乐祸地低声笑着。乔怒视着埃贝斯。

“你这个卖国贼！”乔低吼着，“A国丢掉这座城市，我想你应该很开心吧！我要把你脸上的假笑擦掉！”

乔向前倾，将他的拳头重重地砸在长脖子埃贝斯的下巴上！

第十五章 外国侦探

乔的挥拳相向让长脖子埃贝斯大吃一惊。他向后晃了一下，但很快又站稳了。

“为什么打我，你这头肥猪！”埃贝斯大喊道。

他突然冲向乔，狠狠地在乔的肚子上打了一拳。厨师痛苦地大叫一声，瘫软在那里。还没等他反应过来，埃贝斯曲臂挥拳向上一击，狠狠地打在乔的头上！

尽管还处于半晕状态，厨师依然疯狂挥拳猛打。

埃贝斯躲避开，他按住乔的一条腿，企图控制住他。但乔向上猛踢一脚，他的靴子头正好踢在埃贝斯的下巴上，埃贝斯应声倒地。

乔现在满腔怒火，他握紧拳头等着，直到埃贝斯站起来。然后他又一阵暴打。

“哇！太厉害了！”看到乔打了埃贝斯一个回旋，巴德大喊道。

埃贝斯身材瘦削，肌肉抽动着，而乔因为多年在西部平原上干重活儿，体力还很充沛。

乔小心地搏斗着，不断消耗年轻对手的体力。埃贝斯伸出的拳头大多都打在了乔的皮革外套上。很快埃贝斯就没力气了。

“尝尝我的六连发组合拳！‘长脖子’，这是你自找的！”乔吼道。

他用组合招式击打着敌人，然后又用手朝埃贝斯的上腹部猛挥一拳。埃贝斯蹒跚着，乔又用拳头砸向他的脑袋。很快搏斗就停止了，“长脖子”已经跪在了地上。

“停，停！”他喘着粗气央求道，“我输了！别再打我了！”

乔自己也喘着粗气，只能恶狠狠地瞪着被他打败的敌人。

“赢家靠技术击倒对手，是冠军！”巴德大喊着，举起乔的右手。

“看那个狡猾的人还敢不敢动不动就假笑！”乔喘着气说。

“长脖子”嘴唇裂开，脸也开了花，一只眼睛肿得都要看不见了。

“真是一场好仗，乔！你真是给克伦威尔中尉报仇了。”汤姆看了一眼“长脖子”，又补充道，“‘长脖子’，我看你得去船上的医务室了。”

两个男孩和郁闷疼痛的败阵者走向海洋猎犬。乔在后面大步流星地走着，高兴地笑着。

汤姆在路上和一个船员打招呼，让他告诉其他搜寻队已经找到了埃贝斯。一群人迅速聚了过来。

“发生了什么，埃贝斯？”其中一个人意识到他们可能打了一架，就开玩笑说，“撞上电锯了吗？”

“一把叫作乔·温克勒的电锯！”巴德欢快地说。船员们被埃贝斯令人发笑的行为逗得哈哈大笑。

到了海洋猎犬，男孩子们把埃贝斯交给辛普森医生。乔也要了一些消毒剂和膏药。

同时，汤姆和巴德走到了驾驶室。“现在我们要做什么呢，伙计？”巴德问道。

“首先我要把箱子和纸条的事情告诉我爸爸，看他怎么说。然后，我们再回到洞里看能不能找到放箱子的人留下的其他线索。”

“好主意。”

汤姆开着海洋猎犬浮出水面，给企业集团发了无线电。迪林告诉他斯威夫特先生刚刚坐着海洋直升机前往黄金之城了。

“调查局派来的一个人陪他一起去的，汤姆。”迪林继续说道，“他们会把你们的囚犯带回来。”

“太好了！但是我还希望我爸爸能够带来一位语言学家。”汤姆回答说，“我们找到了一个用外文写的神秘纸条，需要翻译。”

“或许这个调查局派去的人可以帮你。”迪林说道，“他是L国人——是从国际刑警组织借来的。”

“你是说国际刑警？”汤姆问道。

“是的。你爸爸告诉我，他在很多国家工作过，会说很多种语言。”

“听起来正是我们需要的人。”汤姆充满希望地说道，“好的，乔治，谢谢你！”

汤姆挂断信号，再次潜下海里。他和巴德没有向别人透露去洞穴的意图，而是直接出发前往那里。这次他们带了非常亮的手电筒。

等他们到达洞穴的时候，汤姆在外面停了一下，又看了一眼箱子里的东西。

“你知道，巴德。”他沉思着，捡起了一只长着长爪子的金色动物的腿，很显然是从雕像上掉下来的，“或许应该找一找这些碎片是从哪里来的。如果我们能够找到一个雕塑——”

突然汤姆倒吸一口气。

“怎么了？”巴德问道，他注意到汤姆的情绪变得很激动。

“快看，巴德！这个雕塑是用其他材料制成的！”汤姆指着碎裂金属的表面。这片金属有一个内核，有金色的光泽，上面还镀了一层金。

“汤姆。”巴德正色道，“我记得我们在打扫大楼的时候，你说过这些东西可能不是24K纯金。但是这个金属里面是什么呢？”

汤姆迷惑地摇摇头，说：“可能是一种合金。我需要分析一下。”

“那这周围的寺庙和宫殿呢？”巴德问道，“你觉得它们都是这样的吗？”

汤姆打了个指响，说：“我会很快就会知道的。我们来看看那边倒下的柱子吧。”

他们兴奋地跑回之前差点发生意外的地点。柱子依然躺在原地。男孩子们刚跑了一半，他们前面传来一声巨大的破裂声。

“哎哟！那是什么？”巴德问道。

汤姆向前望去，瞪大了眼睛看着眼前的一切。塑料空气室出现了一个长长的裂口！他们正看着的时候，又传来另一声巨响。不一会儿，一堆塑料裂解，散落了下来，差点砸到一个船员。

“天啊！空气室破裂了！”巴德大叫道。

汤姆惊恐万分。需要马上把裂口堵上来确保空气的稳定——如果不堵住缺口的话，透气性空调就不能正常工作。空气泡沫里将变得潮湿难忍！

“是什么导致泡沫破裂的，汤姆？”巴德大喊道。这时候四周都传来了惊恐的叫喊声。更多的碎裂声响起来，而且又有一部分塑料掉了下来。

“一定是机器出问题了！”汤姆看了一下情形，猜测道。汤姆快速跑向梅尔·弗拉格勒的机组。他把手卷成筒状罩放在嘴边，大喊道：“关闭分离机！”

他的声音淹没在嘈杂的响声中。空气室因为裂缝变得不结实，已经快要完全坍塌了！

正在这些船员到处躲避掉下来的碎片的时候，大块大块的塑料棚顶密集地掉落下来。

持续了好一会儿。汤姆终于能抬起头看了，整个空气室全部碎裂，只剩下一些细长的磁力框架。

“汤姆！你没事吧？”巴德喊道。

年轻的发明家严肃地点点头，说：“但是船员们一定受伤了。快去找医生，好吗，巴德？我来看看情况到底有多糟！”

汤姆不顾自己的伤口和瘀青，赶紧跑去查看其他人。几乎所有人都被碎片砸到了。其中一个人失去意识。但幸好只有几个人伤势比较重。

“需要给皮特拿担架吗？”梅尔·弗拉格勒问道。他指的是那个昏迷的伤员。

汤姆测了皮特的脉搏之后，摇摇头。“最好别动他，等医生来。”他对流血的船员喊道，“伙计们，到这里来排队，这样好让医生迅速给你们处理伤口！”

医生快速赶来。让皮特复苏之后，他让人把皮特抬到床上去，然后迅速和汤姆一起给其他伤员包扎治疗。

“我还是搞不明白。”巴德迷惑地走向汤姆说道，“为什么机器会让泡沫粉碎？”

汤姆捡起一些泡沫碎片研究起来。“这些东西像玻璃一样易碎。”他咕哝着，“很显然是机器的入口朝向空气室的时候，过于粗心，导致结构元件出现化学变化。一旦材料内部受到压力，那么整个空气室裂开也只是早晚的事情了。”

“哦，好吧！”巴德郁闷地说，“那意思是我们不能在空气室内部使用机器了吗？”

“那要看我能不能修理好机器。”汤姆回答道，“不管怎么样，我们最好先停止工作，直到盖起新的空气室。”

在调整空调以尽可能地弥补改变的环境之后，汤姆拆解了部分光谱海洋挑选器。他把结构元件的控制器移到了他的实验室。

乔一个小时之后也进了实验室。他打气说：“吃点有营养的东西怎么样，头儿？”

“不吃了，谢谢，乔。太忙了。”汤姆认真地研究问题，基本没抬头。

“好吧。你可以先喝点这个鸡汤。你要是不喝的话，我就用勺子喂你喝！”

听着乔的劝诱，汤姆笑了，他停下来大口大口地喝下一碗鸡汤，然后又投入到紧张的工作中。

这个问题太难了。年轻的发明家已经从破碎的塑料中取下一块放在显微镜下研究，以确认所发生的化学变化。结构元件的挑选器电路需要一个自动控制系统来防止与类似托马塞特的碳水化合物发生反应。

这个烦琐的工作可能要涉及重新编写电子配装的程序。到半夜，汤姆结束了工作，打了个哈欠。

“成功了？”第二天早上汤姆醒来的时候，巴德问道。

他的好友点了点头。很快两个人就把改装后的结构元件装到机器上。

这时候声呐兵把头探出海洋猎犬，说：“机长，有潜水艇向我们靠近，西北方向！”

汤姆高兴地笑了，说：“爸爸！”

他猜对了。不到二十分钟，刚刚到达的海洋直升机停靠在海洋猎犬的旁边，汤姆和爸爸热情地打招呼。

“儿子，我想让你认识一下亨利·斯特恩，现在任职于调查局。”斯威夫特先生介绍说。

这个瘦高男人与汤姆握手。“我的真名叫亨利·奥斯忒尔。”他笑着解释说，“不过我暂时用那个名字。”

“先生，相信你应该能够给我提供很多帮助。”汤姆热切地说道。

汤姆把L国特工介绍给巴德·克雷和弗雷泽中尉，建议他们立刻到海洋猎犬上召开会议。

他把找到神秘箱子的事情告诉大家，并把箱子里的信交给了特工。

斯威夫特先生皱着眉头，困惑地看着字条。

“斯特恩先生，您能翻译一下吗？”汤姆问道。

这位来自国际刑警的侦探在看信的时候，大家都焦急地默默等待着。

第十六章 神奇的合金

这种悬念让斯威夫特父子倍感煎熬。这时候国际刑警侦探看着汤姆。他的表情很严肃，也很担忧。

“坏消息？”

亨利·斯特恩点点头，说：“恐怕是的。这封信是由三位来自C国的潜水艇探索者写的——”

就在惊讶不已的汤姆想要打断他说话的时候，斯特恩又说：“他们的名字采用的是历史拼法，所以你们没有认出来。我把上面的内容给你们读一下。”

他接着开始大声地翻译：

我们，即下面签字的人，发现了这座沉没之城，在此代表C国政府正式宣布对其所有权。我们希望能够乘坐潜水艇安全地回到祖国。但如果发生意外，这封信将会证明我们是第一批发现这个地方的人。我们相信任何国家都会尊重C国的权利。

（签字）弗里茨·布兰诺夫
杨诺斯·格尔
伊戈尔·贾登可

大家十分惊讶。

“那么我们的大探险确实是比他们迟了。”巴德打破死一样的沉寂说道，“A国不能接管黄金之城？”

“恐怕是，巴德。”斯威夫特先生安静地说，“尽管这些探索者在公开其发现成果之前就死了，但是我们国家所能做的就是承认他们的宣告。”

弗雷泽中尉点点头。“只有我们能够尊重别国，别国才会同样尊重我们。”他低语道。

“但是就这样把它拱手让给C国让人不能接受！”

巴德站起来，气愤地在屋子里走来走去。“太可恶了！”他咬着牙说。

亨利·斯特恩非常同情地说：“我对这个令人不悦的消息感到遗憾，诸位。但是你们也会理解我是一名国际刑警组织的警察，也代表调查局。我们现在最好先解决囚犯长脖子埃贝斯的问题。”

“是的。”斯威夫特先生说道，“你认为现在立刻把埃贝斯交给A国是最好的做法吗？”

斯特恩耸耸肩。“如果你们想的话，我可以推迟对他的正式逮捕，我的朋友。”他回答，“一旦埃贝斯接受监禁，因为所犯的罪受到指控，那么他就有权利和律师对话。他们中可能会有人把消息泄露给媒体。如果那样的话，你们在黄金之城的工作毫无疑问会成为头条。”

警察停下来，他的视线从斯威夫特先生移向汤姆。“但或许这已经不重要了吧？”他问道。

“或许吧。”斯威夫特先生承认道，“但是，直到C国的宣称得到正式证实之前，最好还是保密。你觉得呢，儿子？”

汤姆一直沉默着，在想什么。他敏锐的头脑早已经在思考其他问题，说：“说实话，埃贝斯在这里很烦人，我很希望让他离开。”

汤姆转向斯特恩先生，又说：“你能审问他吗，先生？埃贝斯或许还在对我们隐瞒什么。如果你能从他嘴里撬出更多消息，或许能帮助我们决定下一步怎么做。”

斯特恩同意地点点头。“明智的建议。”他古铜色的脸上现出浅浅的微笑，“有时候，经过仔细的询问，可以从嫌疑人那里得到很多他不想说的消息——不是吗？”

“对！”汤姆笑着站了起来，“巴德，你能带斯特恩先生去审囚犯吗？”

“当然。很愿意。”

“告诉斯特朗和埃勒站在旁边，以免埃贝斯又试图撒泼！”

巴德和刑警离开，会议中止了。

汤姆转向他父亲，说：“爸爸，我想让您看一样东西。可能很重要。”

汤姆流露出神秘和压抑的激动。斯威夫特非常好奇地和汤姆来到空气室。一看到黄金之城的金色大楼和雕塑，这位科学家感到非常震撼。

“太令人兴奋了！”他大声说道，“汤姆，这样的历史财富应该让学者研究，也应该向所有国家的游客开放！”

“您说得对，爸爸。”汤姆苦笑着说，“希望C国的想法和我们一样。”

汤姆带着父亲踏上一条辉煌的大街，两边都是柱子，大街通向洞穴。在这里他向父亲展示了箱子里的一块金属碎片。汤姆指着镀金下面的内核。

“爸爸，您以前见过这种金属吗？”

斯威夫特先生检查了一下样品，皱起了眉头。他从口袋里拿出一个倍数很高的双筒望远镜，研究碎片的表面。

“嗯。确实没见过，汤姆。这是一种合金，当然——可能主要由金子合成，尽管看起来很轻。”

“猜得不错，爸爸。”汤姆说他那天早上粗略地分析了一下，“这种合金的确含有金子，但是还含有许多罕见的成分，包括钪、铷和铍。”

斯威夫特先生听到古人使用这种罕见的金属合金感到很惊讶。“这肯定不是他们自己发明出来的。”他推理着。

“的确。”汤姆的眼闪着光，“也就是说这种合金存在于自然中，爸爸。而且一定是大量存在，才能用于建造整座城市！”

汤姆确信他的想法是对的，因为他已经检查过倒塌的柱子，发现柱子中也含有这种镀金的合金材料。

汤姆向父亲解释了自己那天早上对这种合金进行的快速冶金分析，接着和盘托出更大的惊喜。

“爸爸，这种合金可能会解决您的火箭难题！它很轻，但是很结实，而且成分跟您现在用的材料相似！”

斯威夫特先生听到消息抬起了头：“汤姆，这是我想都不敢想的。要是有这样的合金，那么我们就会轻易地完成火箭的合同！”

他热切的表情很快就变为沉思。“我们可能忘了一点，儿子，黄金之城已经不属于A国了。”他低语道，“即便是属于A国的，用它制造火箭或者是其他东西，也是对历史遗产的破坏。”

汤姆笑了，说：“我同意。但是我并不是说要融化掉这些大楼和金子。”

“你有什么提议？”斯威夫特先生问道。

“我们找到合金的源头！”汤姆的口吻里有一丝兴奋，“黄金之城附近没有发现矿井，爸爸，所以这种合金和金子可能都是从远处带来的。难道我们找到源头还不成吗？”

汤姆的推理给斯威夫特先生也带来了新的希望，说：“你说得对，儿子！值得一试。”

“我没有时间结束对合金的测试。”汤姆接着说道，“我们现在来解决这个问题吧。”

斯威夫特先生激动地同意了。父子俩匆忙回到汤姆在海洋猎犬上的实验室。在斯威夫特先生的建议下，他们首先对金子做了光谱分析。

“太有趣了。”在做了多种计算之后，斯威夫特先生总结道，“这种金子与秘鲁金有同样的同位素。”

“秘鲁金！”汤姆抓住这个线索，“这更能证明印加传说了！”他指出。

斯威夫特先生若有所思地点头，说：“你的回溯镜或许能帮我们找到更多线索，儿子。我把它带来了。”

“太棒了，爸爸！”

两位科学家接着更加精确地分析合金。他们发现合金中含有三种不同铀微弱放射性痕迹之后，感到非常惊讶。

下一步是检测合金的抗腐蚀性、灵活度、抗张强度、韧性和其他属性——不仅是常温下，而且是火箭升空时的温度下。

父子两位科学家在实验室弯腰工作的时候看起来就像是兄弟。他们都有着瘦瘦的身材和锐利深邃的蓝眼睛。但是儿子身材更纤长，而且还在长个儿，现在已经比父亲高2厘米了。

他们结束实验的时候，儿子兴奋地对父亲说：“毫无疑问了。”他说着，扯下实验室罩衫，擦掉手上的化学污渍。“这种合金比我想找的任何一种材料都要好。作为火箭材料的话，甚至比我们现在用的合金还要好呢！”

年轻的汤姆已经在估量到哪里去寻找这种金属材料了。“就这些放射性痕迹来说，爸爸，我相信这种合金可能位于海下氦井的附近。”他推测道。

斯威夫特先生同意。但是他因为眼前面临的工作担忧地摇着头。“即便是我们找到了来源。”他指出，“在这么深的海下开采工程量浩大。”

汤姆再次给出了答案。“用我的新型选择性过滤泵就不会工程浩大了。”他平静地说道。

斯威夫特先生非常惊讶，说：“这是你的一个新发明吗，儿子？”

“其实我很早就发明出来了。”汤姆回答，“但是因为黄金之城的项目就把它搁置一边了。”

汤姆解释说这种新设备有点像用来从牛奶中提取奶油的离心机。“您知道，爸爸。”他继续说，“它在旋转的时候，奶油——牛奶中最轻的成分——不会被甩到外面的旋转混合物中，而且能够从剩余的液体中分离出来。”

“但是，这种方法只适用于液体混合物。”斯威夫特先生说道，“或者是能够从轻和重的部分中分离出来的悬浮物而且对化学溶液不产生作用。比如说，离心机不能从海水中提取盐分。所以你的发明怎么能从溶解的海洋物质中提取合金呢？”

“通过泵中心的斥力装置辐射片。”汤姆回答，“机器可以调整为只对合金产生斥力——也就是说，把它从泵体内部旋转的海水中逼到外面。”

汤姆抓起一支笔，画了一个草图。旋转的泵水平放置，稳定的海水被吸入上部，然后从下面的一根管子流出。斥力装置排斥的那种想要的物质，也就是合金，将会被排入到旁边的一个收集箱中。

汤姆接着说这是选择泵工作的第一步，还有其他两个步骤来确保想要的物质不会流失。

“太棒了！”斯威夫特先生看着汤姆温暖又钦佩地笑了。“汤姆，你总是能从你的帽子里变出各种东西，不断地给我惊喜。这正是我们开采合金需要的工具！”

这时候巴德突然冲进了实验室，两个人都抬起头。

“快做好准备迎接一个大大的惊喜！”巴德欢呼着，“我想我们发现了一个骗局！”

第十七章 海底勘探者

跟在巴德后面的是L国侦探亨利·斯特恩。他带着C国的信和空空的金属箱子。

“就像巴德说的，斯威夫特先生。”他说，“我怀疑这是有人耍的诡计。”

汤姆惊讶地看了侦探一眼：“你是说箱子是假的——是特意放到洞穴里来骗我们的？”

“我怀疑是这样。”斯特恩回答，“我认为，埃贝斯很容易耍这样的把戏。我知道他是第一个找到箱子的人——在他失踪了一个小时之后。”

汤姆若有所思地点点头：“是的。”

“但是他是怎么把箱子弄到黄金之城的呢？”斯威夫特先生提出了不同的观点，“我们在舱里发现埃贝斯的时候，他没有带任何东西，是吧？”

“他掏出一把枪，但是被我们没收了。”巴德解释道，“我们搜他身的时候，没有发现任何重要的东西。”

“而且他也不能把这么大的箱子藏起来。”斯威夫特先生说道。

“按现在的外形，肯定不能。”L国人说道，“但是你会发现这个箱子是由几片分离的薄板做成的。”

汤姆眯着眼，说：“你的意思是埃贝斯把碎板子带过来，然后在洞穴里安装好的？”

斯特恩点头，说：“正是这样。他很可能在进入船舱的时候就把碎片藏在了舱里。还有那封信——是叫迪考的人给的。他正等待一个机会放这两样东西。”

“有道理，爸爸！”汤姆用手指打着响说道，“埃贝斯很可能是用一个钢笔大小的太阳能驱动的微型电子工具把板子焊接到一起的。在这里找到一个这样的工具很容易。”

斯威夫特先生点点头，然后问斯特恩：“你有没有在箱子和里面的东西上检测到埃贝斯的指纹？”

“箱子上有他的指纹，当然他也承认在洞穴里扳动过箱子。”侦探回答，“金属板子的里面被擦得很干净。当然这些自称C国探索者的人是不会这么做的！”

汤姆的大脑飞速思考着。“有一个办法可以证明箱子是真是假。”他告诉大家，“我的电子回溯镜！”

汤姆带领一群人兴奋地赶到斯威夫特先生开来的那艘潜艇上。几分钟后，回溯镜安装好启动了，扫描仪对准了箱子上一条焊接的缝隙。

回溯镜的主时间仪表显示箱子表面虽然生锈了，但是焊接却不到24小时！

“你证明了它是假的，汤姆！”巴德大喊道。

“是的，巴德。焊接工作差不多就是埃贝斯在洞穴里的时候完成的。”

为了让他们的推理在法律上站得住脚，斯威夫特先生建议他们尽力找到焊接工具。汤姆和巴德带着瓦数很高的探照灯冲进了洞里。

“既然大家都忙起来了。”斯特恩说道，“我也出份力气。”

二十分钟后，三个人回到斯威夫特先生身边，高兴地笑着。汤姆让人把埃贝斯带到海洋猎犬接受问话。

“你们还没有放弃吗？”埃贝斯还是像往常一样假笑着说道。

汤姆镇定地笑着，说：“还有最后一个问题，‘长脖子’，见过这个吗？”

他示意巴德。巴德拿出一个钢笔一样大小的焊接工具——小心翼翼地用手帕包着。

长脖子埃贝斯的脸变成了绿色，他试图掩饰自己的迷惑。

“我，我都不知道这是什么！”

巴德大笑一声，说：“你不知道吗？那让我们来告诉你吧，聪明人！这是一个微型电焊机——就是组装假箱子用的工具！”

亨利·斯特恩打开了他的手提指纹箱，拿出来两张打印的照片——一张标记着调查局，另一张很显然是刚做的。侦探转向埃贝斯。

“所以你之前没有见过这个东西，是吗——嗯，先生？那或许你得解释一下为什么箱子里的东西上的指纹和你的一致了。”

埃贝斯瘫软地倚在墙上，脸色惨白，流着汗。但他还是拒绝说出真相。

“没关系。”亨利·斯特恩告诉他，“我们不需要你坦白。有了这个证据，你一定会被定叛国罪的！”

巴德蔑视地看了一眼埃贝斯，大喊道：“你知道这意味着什么吗？A国可以宣称对黄金之城的所有权啦！”

斯威夫特父子欢呼着，亨利和除了埃贝斯以外的所有人握手。“我很荣幸L国能够帮助你们宣称所有权。”他微微鞠躬说道。

斯威夫特先生开着自己的海洋直升机浮出海面，用无线电给肖普顿送去好消息。哈伦·艾姆斯高兴地答应说他会联系国务院和国防部。

两天后，A国海军派来的一个部门到达黄金之城，他们带来一个新的空气室。城市的大部分都已经熠熠闪光了。A国的国旗正式在黄金之城最高的建筑物——宫殿上空飘扬。豪华的海军海下潜艇在城市周围设立了常规的防备巡逻。

“我美丽的国旗呀！国旗飘扬在那里难道不好看吗？”乔搓着手，高兴地笑着说。

“当然好看。”汤姆笑着同意，“但是清洁工作才完成了一半——而且我们现在还有一个新的任务。”

“什么任务，头儿？”

“找到这座城市所使用的合金的源头。”汤姆解释说，“我们必须找到并开采这种合金，这样我父亲才能完成他新的火箭合同。”

“这种新东西叫什么？”乔问道。

“新金，意思是‘像金子一样’。”

现在城市有A国海军的保护，而且工作也在时刻进行着，汤姆浮出水面，给企业集团发了无线电。他根据和父亲探讨的一个计划，快速地发出一些命令。

汤姆让一架潜艇载着另一个塑料空气室尽快赶来。而且，蓝天女王——汤姆那个叫作飞行实验室的巨大原子能飞机也要赶到氦井所在地。汤姆和自己的团队找到合金之后会同他们在氦井处汇合。

蓝天女王巨大的船舱里要装载深海电梯、斥力装置、特殊的履带拖车式钻机和汤姆新发明的选择性过滤泵。

“东西都记下来了吗，乔治？”汤姆核对完物品之后问道。

“记下来了！”迪林回复道。

“好的。还有一件事——亨利·斯特恩会带着埃贝斯坐爸爸的直升机回去，告诉艾姆斯与他们见面。爸爸会暂时跟我一起待在这儿。”

“好的，机长。祝你好运！”

汤姆挂断信号，驾驶海洋猎犬潜入海底回到黄金之城。不到一个小时，另一艘潜艇做好启程准备。亨利·斯特恩和周围的人握手告别，然后和囚犯一起上了潜艇。

“放心吧，我的朋友，埃贝斯很快就会收监的。”亨利告诉斯威夫特父子。

“感谢您的帮助。”斯威夫特先生回复道，“祝您和艾姆斯能顺利地抓到埃贝斯的同伙。”

汤姆祝他们一路顺风。一会儿，潜艇起飞，消失在视线里。

过了不一会儿，海洋猎犬也朝西面驰去。艇上有汤姆和他的父亲、巴德、布瑞恩·弗雷泽、乔以及机组的其他成员。抵达了约好的地点之后，海洋猎犬浮出水面等待飞行实验室的到来。下午一点，乔正在清理午饭的盘子，一架银色的后掠翼飞机突然出现，在天空中留下了一道水汽尾迹。

“是蓝天女王！”巴德大喊道。

汉克·斯特林的声音从无线电里传来：“嗨，你们这些老家伙。我们要把这东西扔在哪？”

“就这儿。”汤姆回答，“先放下升降机。”

蓝天女王就在海洋猎犬旁边的低空盘旋着。飞机的升降机放了下来，船舱门打开了，一个很重的锚杆框架附在双钢丝上，被降到了水里。缆绳回卷的时候发出刺耳的声音。这时候，飞机上亮起了红灯，表明框架已经到了海底。

架好升降机，夹住缆绳。

“好了，机长，接下来需要什么物件？”汉克问道。

“钻机。”汤姆回答。

汉克的机组人员开始将拆卸的轴子和支架都装到升降机上，同时汤姆、巴德、布赖恩和斯威夫特先生登上海洋猎犬的甲板，两个男孩爬进胖人装备。汤姆发出信号之后，升降机平台被降到水下。

电梯上自带一个小型斥力装置。斯威夫特先生打开控制开关，布赖恩把吊装绳从蓝天女王上解下来。升降机由水下形成的泡沫的斥力支撑着。

然后斯威夫特先生关闭开关，让电梯沉下去。当升降机沉到水面以下后，完全形成的泡沫把电梯包了起来。

机组人员潜到几百米深的水下。随着绿色海水颜色渐渐变深，一盏灯自动亮了起来。

十分钟后，他们来到海底。穿着胖人装备的汤姆和巴德把拖拉式电钻第一批零件从升降机下推了下来，放到水里。

“啊！工作开始了！”巴德通过声呐电话说道。

“希望如此，伙计！”汤姆笑着回应。

他们使用胖人装备的伸缩臂，开始安装拖车。

同时，斯威夫特先生再次开启斥力装置。随着泡沫变大，浮力增加，升降机也升到水面。第二次运输中，钻机的所有零部件都被运到了水下。

轴承、框架和钢板组装到一起，然后降下来的是透气性空调。汤姆打开开关运行这个设备和斥力装置。一个巨大的泡沫把电钻机围了起来。最后，男孩们从胖人装备里爬了出来。

“噢！”汤姆擦着额头上的汗说道，“这些爪子很好用，但是我觉得徒手拿着板子会干得更好。”

“同感！”巴德笑着说。

一个大马力的微型拖拉机降了下来，男孩们把它钩到履带上。最后下来的是选择性过滤泵，也被放到了拖车上。最后，斯威夫特先生和布赖恩下来了。

“多么神奇的组合呀！”中尉看着男孩们把这个机器的最后几个螺丝拧紧，敬佩地评价道。

“是汤姆自己想出来的。”斯威夫特先生骄傲地笑着说。

事实上，汤姆创造了一个牵引机式的空气室，里面的人可以在海底自由移动寻找新金。

“我们最好从这里开始取样，爸爸。”汤姆决定。

他将过滤泵的设置调整成新铀的化学构成，然后摇动着操纵杆，过滤泵转了起来。不一会儿，过滤泵的收集箱里收集了一些粗质的金色沙砾。

“海底沙漠探险队寻找金子，说的就是我们！”巴德开玩笑说。

“以现在这个速度，我们永远富不起来。”汤姆苦笑道。

“至少你证明了自己的理论，儿子。”斯威夫特用慈爱的眼神看着汤姆说，“这附近有新金，尽管我们可能离材料有几千米远。”

现在他们正位于穿过氦井的海下山峰的脚下。巴德爬上拖拉机，沿着山开着。过滤泵吸入了很多海水。在走了500米的时候，汤姆发现收集箱里的合金沙砾越来越多。

“我们一定接近了！”他欢呼道。

突然布赖恩的视线落到了过滤泵的气压表上。指针已经过了危险的红点。

“抓住，汤姆！”他大喊着，用力抓住控制杆。

紧接着，泵体就爆炸了！汤姆、布赖恩和斯威夫特先生被爆炸波冲倒了。巴德尽管有点眩晕，但是因为紧握拖拉机的方向盘躲过了一劫。他赶紧从车上下来，关闭了正在向四处喷水的过滤泵。

“有人受伤吗？”他大喊。布赖恩的头皮被泵体飞溅的碎片擦伤。但是他们并没有对空气室内的冲击波感到太惊讶。巴德把他们扶起来。

汤姆既尴尬又担忧，他羞愧地说：“我们算是幸运的。如果直接被泵体击中，就会丧命！”

巴德为他感到难过。他拍了拍好朋友的后背说："活着就好，汤姆。"

"谢谢。"汤姆迅速评估了破坏的程度。幸好，斥力装置和空调依然运转正常。除了破碎的泵体和一些扭曲的叶轮片，过滤泵也无大碍。

"至少机器没有粉碎。"年轻的发明家小声说道，"但是我们需要修复一下才能做进一步勘探。"

汤姆开着拖拉机把空气室装置重新搬上了升降机。他和其他人回到水面，把推进器和泵体碎片也带了上来。汉克·斯特林的机组人员放下软梯，让他们四个人爬上飞行实验室。

"发生了什么事？"汉克·斯特林问道。

汤姆解释了一下，然后给他看了泵体。泵体已经裂成六块——没有连在一起，然后说："你觉得这些碎片焊接好之后能够承受海底的压力吗？"

"当然。"汉克检查了一会儿说道，"事实上，我可以让焊接后的泵体比以前还结实。"

"那就选你了。"巴德轻松地笑了，"哈，我可以想象着我们所有人在海底走动，等待一个新的泵体被送到这里来！"

汉克焊接的时候，汤姆和父亲在蓝天女王装备齐全的实验室里制作新的叶轮片。不到一个小时，他们已经做好准备再次下水。

登上升降机之后，他们迅速地下降。但是升降机渐渐地停了下来。

“怎么了？”布赖恩问道。

“不知道。”汤姆回答。

汤姆决定浮出水面检查一下。他打开开关，升降机慢慢地上升，然后突然间停住，不再上升。

“我的天！”巴德大喊道，“我们被卡在这里了！”

勘探者们被困在了距离海面1千米的地方。

第十八章 敌人的威胁

“幸好我们带来了胖人装备。”巴德说道，尽力掩饰着自己的紧张。

布赖恩·弗雷泽看起来有些憔悴，但是依然很镇定，他相信斯威夫特父子一定能够找到办法摆脱困境。父子俩正在研究情况。

汤姆为了开采氦井发明了深海升降机，现在使用的是更大更新款。平台由磁铁支撑，上空悬下来两根电缆导索。

“嘿！我知道为什么停下来了！”汤姆突然指着上面大喊。

提拉升降机的一根缆绳缠到了一大团海草上，七扭八歪，电缆导索甩不掉阻碍。

“我们可以摆脱海草。”巴德说道。他知道了问题所在，放松了许多。

“如果不松开这个结，我们可能还会有麻烦。”斯威夫特先生警惕地说，“而且我们还不知道是什么阻止我们下降。”

他担忧地说道。

“至少我们可以斩断那些海草！”汤姆说道，“穿上服装，巴德！”

两个男孩钻进他们的钢铁装备，从升降机里进到水里。他们整理了身上的压载箱，停在出问题的缆线那里。

“啊！太乱了！”巴德抱怨地说着，拨弄开挡在视镜前面的海草。

“人们花钱买这些海草吃的，别忘了。”汤姆笑着说道，“我们应该带叉子来的。”

“你是说干草叉吧。”巴德通过声呐电话说道。

男孩们利用伸缩手臂，扯下一团团的海草。看起来有几十米长。

“我们应该庆幸这些东西没有漂得太近。”汤姆说道，“它很可能使整个升降机遭殃！”

十分钟后，他们解除了缠绕，海草很快被深海水流冲走了。但是，正像斯威夫特先生担忧的一样，缆绳上有一个结。

“我们能把它解开吗？”巴德怀疑地问。

“很快就会知道的。”汤姆回答，“把你衣服上的涡轮开启最大扭矩。”

两个男孩用胖人装备的手臂，用上最大的力气，一点一点使缆绳变直了。

“应该会起作用。”汤姆说。

当他们再次上了升降机泡沫脱下衣服后，发现斯威夫特先生替换了平台上的检查板。

“你父亲刚刚找到了不能下降的原因。”布赖恩告诉汤姆。

年长的科学家解释说升降机平台下面的支架里面几个铅压杆不见了。没有这种外力帮助他们下沉，升降的重量不足以抵消泡沫的浮力——即使放下斥力装置也不行。

“好的，我要当一只笨鸭子。”巴德抱怨道，“让我们尝试在没有沉锚的情况下捕鱼！”

“我们组装的时候，这些压杆还在的。”汤姆皱着眉头说。

“架夹松了。”斯威夫特先生说。

巴德笑着说：“我们应该把乔带来的，让他给我们准备他的重口味晚餐！”汤姆没有心情开玩笑。巴德又说：“说正经的，伙计，需不需要我穿着胖人装备到上面去加一些压杆？”

“如果缆结已经拉直的话，我们都可以去。”汤姆答道，“让我们看一下。所有人都上去！”

他打开斥力装置的开关。随着空气泡沫变大，升降机顺利地升至水面。汉克提供了额外的铅压杆，麻烦很快解决了。这次他们轻松地降到海底。

他们再次进入牵引的空气室里。汤姆和父亲迅速将焊接好的泵体和涡轮片安装好。然后巴德把拖拉机开回到泵体爆炸的地方。

“帮着皮特留意压力表，伙计！”巴德开玩笑地提醒。

“我会像鹰一样盯住的。”汤姆答应道。

当拖拉机继续沿着山脉开动的时候，巴德启动了过滤泵。空气泡沫像明亮的幽灵一样在漆黑的海底移动。在他们的右面，山脉就像一块黑色的大石块。

“走开，讨厌的家伙！”巴德对着一条进入探照灯范围内的奇怪的蓝色的鱼喊道。

这个怪物用凸起的眼睛回瞪了他一下，然后消失不见了。

“我们又回来干吗？”巴德回头看了一眼，问道。

“获得更多的新金。”汤姆说，“继续朝着同一个方向行进。”

汤姆、斯威夫特先生和布赖恩·弗雷泽围在收集箱附近，专注地看着金色的沙粒从泵里过滤出来。尽管产量令人鼓舞，但是汤姆和父亲都认为他们还没有到达源头。

“一定就在这附近。”汤姆紧张地说道。

继续勘探了几千米之后，箱子里有了很多新金。很快，泵里就不断地过滤出闪闪发光的合金。

“哇！”汤姆欢呼道，“爸爸，这或许就是源头。”

斯威夫特先生点点头。他笑着抓住儿子的胳膊。布赖恩也难以抑制内心的激动在一旁看着。

渐渐地，新金的产量又变少了。汤姆意识到已经开过了山脊，命令巴德绕回去。通过观察金色沙粒的累积速度，汤姆确定了产量最集中的地方。

“矿井一定就在这！”他喊道，“即使把山坡炸平，我们也要找到它！”

巴德停下设备，从拖拉机上跳了下来亲自去看。收集箱里堆起了闪光的新金颗粒！

“太好啦！我们有钱啦！”他大喊道。

两个男孩跳起了吉格舞，斯威夫特先生也笑了。“可能需要挖一段时间才能找到主矿脉。”他提醒他们，“我建议坐直升机搜寻。”

“您要来吗？”汤姆问道。

“这次我就不去了，儿子。我想在实验室研究我的锌合金，等你们找到矿井的时候我就知道该怎么继续下一步工作了。”

汤姆急于解决接下来的问题，回到了深海升降机所在的地方。他和巴德快速穿上胖人装备开始拆卸拖拉机钻机。斯威夫特先生和布赖恩各运了一些到水面。

最后，男孩们终于脱下钢铁潜水设备，带着最后一批拖车装备回到水面。他们从有巨大压力的深海里出来时看到刺眼的阳光，感到很开心。

就在他们大口呼吸新鲜空气的时候，蓝天女王的一个机组人员大喊道：“肖普顿发来的无线电！要接吗？”

汤姆和巴德上了飞机，赶紧赶到飞行实验室里面的无线电舱。

是艾姆斯通过扰频器打来的电话。

“我们终于找到关于迪考的线索了。”安保主任汇报说，“一个卧底给调查局报信了。”

“有可能抓到他吗？”汤姆通过话筒问道。

“不太可能。好像迪考已经偷偷溜出国了。”艾姆斯的声音变得紧张，“还有更坏的消息。在他离开之前，他因为埃贝斯和贾德森被抓，感到十分恼怒。他发誓说要亲自抓住你和你父亲。”

“知道他想做什么吗？”

“不知道，但是你们一定要小心。”艾姆斯央求道，“迪考心狠手辣，胆子很大。没有什么能够阻止他！”

“我们会非常小心的，哈伦。”斯威夫特先生许诺，“同时，有消息了就告诉我们，但是不要向我夫人和桑迪提起我们受到的威胁。”

“我不会说的。但是——一定要小心！”

汤姆开着潜水艇准备出发寻找矿井，大家忙了起来。额外的工具，包括深海割炬和凿岩机，都从蓝天女王里拿到了海洋直升机上。汤姆的改良版达蒙镜和父亲的改良版水下金属探测器都装到海洋猎犬上。

达蒙镜是一种敏感度极高的设备，通过记录一条影像的紫外线荧光来检测放射性矿石。汤姆曾用它在南美洲找到了丰富的斯威夫特元素矿脉。

水下金属探测器曾经引导汤姆找到了太空朋友发射后沉没了的火箭。它主要通过一种超高频的光束工作，反射信号频率的变化能够显示造成回声的物质的分子性质。

巴德监督装货的时候，汤姆在海洋猎犬上面安装了一个超强的扫描灯。

“天哪！我们不能少了这样的设备。”巴德洋洋得意地说道。

“确实不能——我希望是！”汤姆笑着说。

现在，海里一片漆黑。乔提醒斯威夫特父子和他们的朋友已经很长时间没吃东西了。他们吃了一顿美味的晚餐，晚上好好休息了一下。

第二天早上，汤姆便催促道：“出发吧！”

潜水艇潜入海里，快速地前往新金矿井。就在他们靠近的时候，声呐兵大喊一声。

“有东西在向我们靠近，机长！不知道是什么！”

第十九章 被困的潜艇

布赖恩冲到望远镜那里。一道亮光正毫无规律地在荧光屏上移动。即使是海军军官这样有经验的人，对此也非常困惑。

“左舷船首，汤姆，上方约60米！”他汇报说，“我也看不出它是什么！”

巴德带上水下耳麦。“听不到任何发动机的声音。”他低声说道。

“如果那是一艘潜水艇的话，那肯定是把螺旋桨停了。”弗雷泽中尉猜测着。

汤姆采取之字形路线，然后又小心地驾着海洋猎犬到达一个更高的位置。布赖恩继续观察望远镜。

“还在那里。”他紧张地说，“它的速度变慢了，但是好像在跟着我们——几乎就好像在看着我们。”

“他们在声呐上看不到我们。”巴德说，“我们有托马塞特外壳的掩护。”

“他们可能是循着涡轮的声音来的。”布赖恩回应。

汤姆决定直接靠近，来确认这个东西是什么。这时，乔来到了驾驶舱，一条围裙围在他肥硕的身体上。

“我的牡蛎呀！为什么大家看起来都很紧张？”他问道。巴德告诉他之后，他大口喘着气。“哎呀——我真应该在厨房里好好待着！”

同时，汤姆正小心翼翼地靠近物体，布赖恩大声喊出距离和方位。紧张的气氛几乎达到了极点。

这个神秘的物体是正等着用鱼雷轰炸他们的C国飞机吗?

突然，一个巨大的灰色物体出现在探照灯灯光范围内。

汤姆大喊一声：“是鲸鱼！”

大家听到后都放松地大笑起来。如此近距离地看着一只活的鲸鱼，甚至让乔感觉到身为厨师的一丝兴奋。

“真希望我们手边有一个鱼叉。”老厨师渴望地咕哝着，“我可以给你们做鲜美的鲸鱼肉！”

“我可不吃。”巴德向汤姆眨了个眼说道，“我还想要我的牙齿，前辈！”

乔摇着头走开了，不开心地抱怨着：“有些人就是没有欣赏美食的头脑！”

不一会儿，他们就到达了过滤泵显示的新金含量最多的地点。

“开启达蒙镜，巴德。”汤姆命令道，“还有金属探测

仪，调整音量。”

探测仪立刻开始发出咔嗒声。

“我们一定靠近了。”巴德汇报，“轻金属频率域的指针度数非常高！”

汤姆把海洋直升机慢慢地开到海下山脉的山坡，用探照灯照遍整个山地。然后，探测器的咔嗒声变小了，指针数值也降了下来。他发动涡轮机准备下降。

“在找矿井的入口吗？”布赖恩问道。

汤姆点头，说：“但是被覆盖住了，我们必须找一下。”

随着海洋猎犬继续下降，咔嗒声变得更响。他们沿着山脉的轮廓到达越来越深的地方。压力表显示他们位于海下2.5千米。

“这是什么？”布赖恩困惑地问道，“是海峡沟渠吗？”

“我觉得不是。”汤姆回答，“谷底在山坡，这比我们固定升降机的位置矮。”

汤姆把控制台交给巴德，自己开始观测达蒙镜。随着卷盘转动着，新的胶片也自动洗了出来。底片上的暗点证实此处有矿，但是显然他们还没有到达矿藏的入口。

贴着机舱的石英玻璃，汤姆专注地看着。他们现在正围着山脚潜行。

“巴德，或许我们应该——”

汤姆的话还没说完，这时候探测仪忽然发出刺耳的咔嗒声。

“嘿！把音量调小！机器疯了，汤姆！”巴德大喊道。

汤姆旋转控制旋钮，兴奋地看了一眼频率指针，坐到驾驶员的位置。

然后他激动地大喊一声：“矿藏入口！就在那里！“

所有人都聚集到机舱窗前。在黄色的探照灯光下，可以看到山脚下有一个很大的像洞穴一样的入口。但是当汤姆意识到这个入口是人工打开的时候，他心跳加速，甚至看到了矿藏隧道里的金属支柱。

“你找到了！“巴德拍着年轻的发明家的后背，其他人也纷纷祝贺。

汤姆决定自己穿着胖人装备到入口处探索一下。但是巴德主动要求陪他一起。当他们锁住控制板后，布赖恩迅速看了一眼声呐望远镜。一秒钟后，他尖叫一声让所有人都毛骨悚然！

“等一下！右舷船尾有潜水艇在靠近！速度惊人！我认为是一个——”

汤姆立刻冲向控制板，但同时潜艇因为上层甲板受到重击抖了一下。砰！

海洋猎犬受到爆炸的冲力，潜艇里的人都被甩到了潜艇的内壁上。一个鱼雷冲向了山脚，在海底掀起了淤泥和碎石！

汤姆冲向驾驶员的位置，用力拉回控制轮。他希望潜艇能上升。绳索已经被拉紧，但是潜艇并没有动。

让汤姆郁闷的是，海洋猎犬显然无法移动！

汤姆迅速用力使涡轮停止转动。正常情况下，潜艇会像木塞一样冲到水面。然而，现在唯一的反应就是舱外发出巨大的金属响声。

“天哪！发生了什么？“巴德大喊道。

“不知道！但最好赶快找出原因！”汤姆回答。

机组人员焦急地看着两个男孩穿着胖人装备去查看。问题的原因很快就找到了。

连接在导弹上的缆绳把潜艇牢牢地困在了海底。每个缆绳的外端都有一个像磁铁一样的东西附着在海洋猎犬没有保护措施的甲板上。山脚下的这枚导弹现在就像一个无法移动的锚。

巴德隔着石英观察镜，吓得脸色惨白，说：“我们现在非常容易被击中，伙计！我们的敌人可以随意地把我们炸成碎片！”

汤姆依然很镇定。“我确定他们是想在不伤害海洋猎犬的情况下抓住我们。”他告诉巴德，“我们的任务就是马上离开这里。我们没有自己的导弹，不可能还击！快进来，我告诉你一个可以让我们脱身的计划！”

他们迅速回到潜艇上，然后拿着海下割炬再次潜入海底，准备割断缆绳。但是就在巴德调整割炬喷嘴对准其中一条缆绳的时候，从声呐电话里传来汤姆的大喊声。

“快停下来！不要割断缆绳——我们会爆炸的！”

“为什么？”巴德看着他的朋友问道。

“因为它们都是陷阱！”汤姆指着海洋猎犬的甲板，还在活动的爆炸物模糊了视线，“看到缆绳上面的罐子了吗？每个上面都有两条电线。我以我的右手保证那是炸弹！”

“炸弹？”巴德大喊道。

“如果我们切断一条缆绳。”汤姆继续说，“那两条电线就会形成一个电路，然后就会爆炸！”

“我们能做什么？”巴德低声紧张地问道。

汤姆快速思考着。“巴德，我有了一个主意！”他回答，“我实验室里有一个反磁铁的小东西，是我之前一直研究的。可能不足以强大到解除所有磁铁，但是我们可以试一试！”

他们匆忙赶回气闸室，汤姆让人从实验室把反磁铁拿来。乔飞快地跑去拿。同时，汤姆给机组人员和布赖恩·弗雷泽安排了任务。

“在货仓柜子里有一个小型的手提斥力装置。把它放在气闸室，调到反导弹斥力模式。”

汤姆再次爬进胖人装备里，从乔手里接过反磁铁生成器，然后爬上了甲板。他听到巴德的大声警告。

“小心，汤姆！”

紧接着，一颗导弹从头顶掠过，在山脚爆炸了！汤姆抓住防护栏，看着远处的火焰。敌人正集中火力攻击他们！

第二十章 深海秘密

汤姆和巴德穿着胖人装备，只能绝望地在甲板上看着这些导弹穿过他们周围的海水。汤姆数了一下，大概有六次爆炸，攻击才终于停止。

“闻起来都是火箭味儿。”巴德紧张地大喊道。

海洋猎犬躲过了一次直接攻击。汤姆在想这是不是进一步证明敌人想把潜艇完好无损地抓住。如果是这样的话，那么这些导弹只是为了吓唬他们让他们投降的。

但是汤姆告诉自己现在没有时间猜测，也没有道理冒险。他把反磁铁给了巴德，然后打开机舱。

“你们没事吧？”声呐电话里传来布赖恩焦急的声音。

“收到！感谢你这么快安装好斥力装置。”汤姆回答。

设备安装好了，在气闸室内等候。汤姆用胖人装备的手臂快速地把它拖出来。没等他在甲板上站稳，远处亮起火花，然后又来了一个！

“他们又攻击我们了！”巴德提醒道。

汤姆非常有信心地等着第一个导弹进入视线。在离海洋猎犬20米的时候，导弹突然变了方向反弹到山脚。接着敌人发射了更多导弹，都没有伤及海洋猎犬，全被斥力装置的斥力抵挡了回去！

汤姆笑了，但是没说话。攻击停止后，他抓起反磁铁，轻拨电源开关，对准最近的一根缆绳钳子的聚焦管。

出现了一小股电流，然后当电磁铁铁锚短路的时候，出现了蓝白色的火焰。

“起作用了！”巴德高兴地喊道。

汤姆用设备对准了另一个铁锚。一个接一个，他把所有缆绳都松开了，然后说：“好了。给我拿一些尼龙线来！”

巴德拿了一团很细但是像钢丝一样结实的绳子，两个人把斥力装置连接到海洋猎犬的防护栏和甲板上。

然后他们快速通过气闸室上了潜艇，脱了服装。

“我们马上离开！”汤姆说道。

他坐上驾驶员的座位，驾驶着海洋猎犬上升。到达水面的时候，他转换了叶片轮距，发动涡轮。海洋直升机像一条飞鱼一样升空。

他们一飞到空中，汤姆就赶紧用无线电给飞行实验室打电话。几分钟后，两架飞机肩并肩地盘旋在空中。一个登机平台伸出来，汤姆迅速登上了蓝天女王。

“你们找到新金矿藏了吗？”斯威夫特先生激动地问道。

“我们当然找到了。”汤姆调皮地笑着说，“但是我要讲给你听！”他很快把海洋猎犬的历险都告诉了父亲。

“谢天谢地，你们逃脱了！”斯威夫特先生低声说道，“汤姆，这一定是狠毒的迪考搞的鬼！艾姆斯给我们的提醒——”

他还没说完，这时候内线传来无线电工作人员的声音。“我刚刚接到A国海军潜水艇部门打来的电话，一架马林号飞机在赶来的路上，无线电显示085度。”

汤姆打开飞行员无线电：“汤姆·斯威夫特呼叫U.S.S. 马林，请接听！”

马林号飞机的操作员说包围黄金之城的巡逻船刚刚擒住一艘潜水艇。受到反击后，它试图逃跑，但是A国飞机比它快，发射两枚鱼雷警告之后，敌人投降了。潜水艇被命令浮出水面然后被监禁。

“你很快就能看到我们了。”操作人员说道。

斯威夫特先生拿起双筒望远镜，向东面的海上眺望。“他们来了！”他说着，把望远镜递给汤姆。马林号潜艇正拖着一艘潜水艇，还有两艘海军潜水艇护驾。

汤姆和父亲登上海洋猎犬，然后潜入水里和海军潜水艇会面。他们接受马林机长文恩司令的邀请，上了潜艇。

“迪考！”汤姆从被擒的潜水艇的甲板上看到囚犯的时候大喊道。他根据埃贝斯的描述认出了他。

“看来你认识那个囚犯。”文恩司令说道。

“只是听过对他的描述。”汤姆回答，“估计迪考还没告诉你，他想摧毁我们的海洋猎犬。”

“你无法证明就是我们！”迪考大喊。

“他不需要！”文恩司令大声说道，“你已经因为非法操作潜水艇而面临制裁。而且你的潜艇有刚刚发射过导弹的痕迹，我猜这些足以证明你未遂的海盗行为。”

“还有。”斯威夫特先生平静地说，“我确定调查局可以指控他和他的同伙犯了间谍罪。”

文恩司令和斯威夫特先生的话很显然让囚犯很害怕。囚犯中有C国的科学家，但是还有一些来自其他国家，对迪考并不忠诚。

“等一下！”一个人大喊道，“我说！这样能对我宽容一些吗？”迪考试图威胁他，但是被水手长制止了。文恩司令没有与他做交易，但是承诺他的坦白是法官审判时的考虑因素。汤姆认出他就是自己在狂欢节上追赶的两人中的一个。

“好的。对我来说已经很好了。”这个人叫奎德。他透露迪考在计划一开始就雇用了他。他和“长脖子”就是汤姆看到的坐在新款泰奥加里的人，但是他坚持说是“长脖子”袭击了汤姆。

之后，奎德驾驶迪考的潜水艇出来。他们尝试跟踪汤姆的潜艇和其他两架货机到黄金之城。他们最终找到了这个地方。迪考和他的C国同事希望能用长脖子埃贝斯放在箱子里的伪造的信来宣称C国对黄金之城的所有权。

这个计划失败后，迪考发誓要找斯威夫特父子报仇。他的潜艇试图困住并摧毁海洋猎犬。这个计划也失败了。于是他们前往黄金之城，企图破坏空气室，却被A国海军抓住。他的话得到了团伙其他几个成员的证实。

“你们这些傻瓜！”迪考大喊道，“你们没有认识到他们要逮捕你们了吗？”

“更有可能逮捕你！”文恩训斥道。

“儿子，现在一切都清楚了。”斯威夫特先生转向汤姆说道。

“还有海下沉没的潜水艇依然不知道是怎么回事。”汤姆若有所思地说道。

文恩司令脸上现出难过的表情。“我可以回答，汤姆。”他严肃地说道，“我们已经确认是A国海军一个实验潜水艇。他们执行另外一个任务。任务已经过期，也没有听到他们的消息。现在知道了他们的命运。但至少我们A国可以宣称对黄金之城的拥有权。”

“那我们发现的那些工具是怎么回事？”汤姆问道。

“那是。”文恩司令说，“船长自己的东西，他很多年前做海员时使用的工具。那时候，瓦尔达钢铁公司属于一个自由的国家，我们的海军也买了他们的工具。”

想到这些海员在沉没的潜水艇里丧命，斯威夫特父子俩都很伤心。他们坐着海洋猎犬返回的时候，都沉默地若有所思。

父子俩向海军潜水艇挥别之后，斯威夫特先生说：“汤姆，跟我讲一讲你是怎么发现新金的吧。”

年轻的发明家给父亲讲了整个过程。

斯威夫特先生的眼睛里充满了兴奋，他欢呼道：“这真是好消息。如果古老的矿井还开放的话，那很容易就能利用你的海下设备开始开采。我们甚至可以提前完成合同！”

“希望如此，爸爸。您要马上飞回肖普顿吗？”

“越快越好，儿子。你呢？”

汤姆说他想回到黄金之城再对清洁工作做最后的检查。

“好的。但是也要尽快回家。我需要你帮我规划海下开采。”

斯威夫特先生和海洋猎犬的机组人员热情握手告别之后，登上飞行实验室回家了。这时候梅尔·弗拉格勒从黄金之城发来无线电。

“快回来，机长！”弗拉格勒激动道，“我们有了一个新发现，一定会让你大开眼界！”

海洋猎犬迅速潜入海下，快速赶到黄金之城。汤姆把直升机停靠在空气室旁边后，梅尔、金姆比和其他人都跑来和他们打招呼。

“我们用额外的斥力装置盖了一个新的空气室。”金姆比汇报，“它和这个空气室连接在一起把黄金之城包围起来。这样我们就可以在两个空气室之间自由走动。快来看！”

他们停下工作，陪着汤姆和海洋猎犬机组人员前去看毗邻的空气室。空气室越过黄金之城延伸到了山谷。

在右边山谷处有一个狭长的开口。它形成了一个峡湾，延伸至一个几千年前沉降到海里的“海岸”。

凸出的陆地上，一座金色庙宇俯视着“海洋”。现在正在清理的过程中。

“我之前从来没有注意到那里的建筑物。”汤姆说道，“干得好，伙计们，这就是你们想给我的惊喜吗？”

梅尔向金姆比眨了眨眼，说：“还不是，机长，往下看一眼！”

汤姆的眼睛循着梅尔的手指看去。下一秒，他和海洋猎犬机组人员都惊讶不已。

在海角下面居然有一架奇怪的飞机。这看起来很像是汤姆在太空第一个前哨站建成的天空之轮！

“宇宙飞船！”巴德大喊道。

各方传来激动的声音，不停地问汤姆问题。这架飞机是黄金之城建成之后坠落的呢，还是飞机上的人建造了黄金之城？

汤姆摇摇头，尽量控制自己激动的情绪，说：“现在，我甚至不敢猜测，朋友们！但是我很想知道，等我设计好特殊的设备，就能找出答案了！”

他又在想着什么：“几千年来，这架先进的飞机一直都躺在深海！飞机是由什么材料制成的？”

“就像你说的，我们迟早会找到答案的，头儿。”乔说道。这个忠诚的厨师预测到汤姆不久就会踏上下一个探险之旅！他的预言是正确的，因为汤姆很快就开始了他充满挑战的“太空宇航员”项目。

“同时。”乔接着说，“我们吃点东西好好庆祝一下A国对黄金之城的所有权吧！”

机组人员都欢呼着赞同。

“好的。”汤姆笑了，“但是别让我们吃太多，乔，要不然我们就浮不到水面啦！”